# UN TOUR SUR LE BOLID'

# STEPHEN KING

# *Un tour sur le Bolid'*

TRADUIT DE L'AMÉRICAIN PAR WILLIAM OLIVIER DESMOND

LE LIVRE DE POCHE

ALBIN MICHEL

*Titre original :*
RIDING THE BULLET

© Stephen King, 2000. Tous droits réservés.
Publié avec l'accord de l'auteur c/o Ralph M. Vicinanza, Ltd.
© Éditions Albin Michel S.A., 2000, pour la traduction française.
**www.albin-michel.fr**

Je n'ai jamais raconté cette histoire, et je n'aurais jamais pensé que je la raconterais un jour : non par crainte de ne pas être cru, pas exactement, mais parce qu'elle me faisait honte... et qu'elle m'était arrivée, à moi. J'avais le sentiment qu'en la révélant, je la discréditerais et me discréditerais moi-même ; que je la rendrais médiocre, plus terre à terre ; que je la réduirais, en fin de compte, à l'une de ces histoires de fantômes que les chefs scouts aiment à raconter à leurs louveteaux, le soir, avant l'extinction des feux. Je crois que je craignais aussi que le fait de la raconter, c'est-à-dire de l'entendre dévidée à haute voix, la rende moins crédible à mes propres oreilles. Mais depuis la mort de ma mère, je ne dors plus très bien. Mes somnolences sont entrecoupées de brusques sursauts qui me laissent parfaitement réveillé et tout tremblant. Garder la lampe de chevet allumée m'aide certes un peu, mais pas autant qu'on pourrait le croire. Les ombres se multiplient aussi avec la tombée du jour — vous n'avez pas remarqué ? Même avec la lumière allumée, il y a beaucoup d'ombres, et on se dit que les plus longues pourraient être celles de n'importe quoi.

D'absolument n'importe quoi.

J'étais en première année à l'Université du Maine lorsque Mrs McCurdy m'a appelé, pour maman. J'étais beaucoup trop jeune à la mort de mon père pour me souvenir de lui, et je m'étais retrouvé enfant unique. Alan et Jean Parker contre le reste du monde, autrement dit. Mrs McCurdy, une voisine, appela à l'appartement que je partageais avec trois autres types. Elle avait trouvé le numéro de téléphone sur le pense-bête magnétique que M'man gardait sur la porte de son frigo.

« Une attaque, m'expliqua-t-elle avec son accent yankee traînant. C't'arrivé au restaurant. Mais va pas te mettre dans tous tes états, mon gars. D'après les toubibs, c'est pas bien grave. Elle est réveillée et elle parle.

— Ouais, mais est-ce que ce qu'elle raconte tient debout ? » Je m'efforçais de paraître calme, mais mon cœur battait à tout rompre et j'eus soudain l'impression qu'il faisait trop chaud dans la pièce ; c'était un mercredi, et tous mes colocs avaient cours.

« Oh, pour sûr. Elle a même commencé par demander qu'on te prévienne, mais sans te faire peur. C'est drôlement attentionné de sa part, non ?

— Ouais. » Mais bien entendu, j'avais peur. Quand on vous appelle pour vous dire que votre mère a eu une attaque sur son lieu de travail et qu'on l'a amenée à l'hôpital en ambulance, peut-on faire autrement qu'avoir peur ?

« Elle te fait dire de rester là-bas et de continuer à étudier jusqu'au week-end. Que tu pourras rentrer à ce moment-là, si tu n'as pas trop de travail. »

Tu parles, me dis-je. Cours toujours. Sûr que je vais rester planqué dans cet appart pourri qui pue la bière pendant que ma mère est sur son lit d'hôpital à plus de cent cinquante bornes d'ici, peut-être en train de mourir.

« Elle est encore jeune, ta maman, reprit Mrs McCurdy. C'est simplement qu'elle a pris fichtrement trop de poids, ces derniers temps, et qu'elle fait de l'hypertension. Sans parler des cigarettes. Va falloir qu'elle arrête de fumer. »

Ça, j'en doutais — et là-dessus je ne me trompais pas. Attaque ou pas, ma mère aimait trop ses cigarettes. Je remerciai Mrs McCurdy d'avoir appelé.

« C'est la première chose que j'ai faite en rentrant à la maison. Alors, quand tu arrives, Alan... Samedi ? » À son intonation, il était clair qu'elle n'y croyait pas elle-même.

Au-delà de la fenêtre, c'était un après-midi parfait d'octobre : un ciel typique de la Nouvelle-Angleterre, d'un bleu éclatant au-dessus des arbres qui, chaque fois qu'ils s'ébrouaient, laissaient tomber leurs feuilles jaunes sur Mill Street. Je quittai la fenêtre des yeux et consultai ma montre. Trois heures vingt. J'étais sur le point de partir pour un séminaire de philo lorsque le téléphone avait sonné.

« Vous plaisantez ? Je serai à la maison ce soir. »

Elle eut un petit rire sec légèrement enroué sur les bords — elle était bien placée pour parler d'arrêter de fumer, elle et ses chères Winston.

« T'es un bon gars, Alan. Je suppose que tu passeras d'abord par l'hôpital ?

— Ouais, euh, bien sûr », répondis-je.

Il ne servait à rien d'expliquer à Mrs McCurdy que ma vieille caisse avait des problèmes de transmission et qu'elle n'irait pas plus loin que le fond du garage, du moins dans un avenir prévisible. J'envisageais d'aller en stop jusqu'à Lewiston, puis de la même manière jusqu'à notre petite maison de Harlow, s'il n'était pas trop tard. Sinon, je piquerais un roupillon dans la salle d'attente de l'hôpital. Ce ne serait pas la première fois que je rentrerais à la maison en levant le pouce. Ou que je dormirais la tête appuyée contre un distributeur de Coke, d'ailleurs.

« Je vais vérifier que la clef est bien sous la brouette rouge, dit-elle. Tu vois ce que je veux dire, hein ?

— Bien sûr. » Ma mère aimait bien cette vieille brouette, qu'elle gardait près de la porte de la remise ; l'été, elle débordait de fleurs. Pour je ne sais quelle raison, son évocation me fit prendre conscience de la réalité de cette nouvelle que Mrs McCurdy venait de m'annoncer : à savoir que ma mère était à l'hôpital, qu'aucune lumière ne s'allumerait, ce soir, dans la petite maison de Harlow où j'avais grandi. Il n'y aurait personne pour appuyer sur l'interrupteur. Quant à

Mrs McCurdy, elle pouvait bien dire que maman était encore jeune ; quand on a soi-même vingt et un ans, quarante-huit ans, ça paraît vieux.

« Sois prudent, Alan. Pas la peine de foncer comme un fou. »

Ma vitesse allait dépendre, bien entendu, de qui voudrait bien m'embarquer dans son véhicule. J'espérais justement qu'il foncerait à fond les manettes. De mon point de vue, jamais je ne pourrais me rendre assez vite au Central Maine Medical Center. Cependant, il était inutile d'inquiéter Mrs McCurdy pour rien.

« Promis. Et merci encore.

— Pas de problème. Tu vas voir, ta mère va très bien s'en sortir. Et qu'est-ce qu'elle va être contente de te voir ! »

Je raccrochai, puis griffonnai un mot où j'expliquai ce qui s'était passé et où j'allais. Je demandai à Hector Passmore, le plus sérieux de mes colocs, d'appeler mon professeur principal et de le prier d'informer tous mes autres profs ; je ne tenais pas à me faire saquer pour absence, comportement qui déplaisait fort à deux ou trois d'entre eux. Je fourrai quelques vêtements de rechange dans mon sac à dos, y ajoutai mon *Introduction to Philosophy*, dont les pages étaient déjà toutes cornées, et décampai. J'allais laisser tomber ce cours, dès la semaine suivante, en dépit des bonnes notes que j'obtenais. La manière dont je voyais le monde devait changer, et même radicalement, ce soir-là ; et rien, dans mon manuel de philosophie, ne paraissait avoir de rapport avec ce changement. J'en suis venu à comprendre qu'il y a des choses en dessous des choses — oui, *en dessous* — et qu'aucun livre ne peut expliquer ce qu'elles sont. Je pense que parfois, le mieux est encore d'oublier que ces choses sont là. Si on peut.

Un peu moins de deux cents kilomètres séparent l'Université du Maine, à Orono, de Lewiston, dans le comté d'Androscoggin, et le meilleur moyen de s'y rendre est d'emprunter la I-95. Cependant, il vaut mieux éviter l'autoroute quand il s'agit de faire du stop ; la police de la route a tendance à vous virer, si vous vous faites repérer — le simple fait de se tenir sur les rampes d'accès suffit à se faire éjecter. Et si jamais le même flic vous y prend une deuxième fois, vous avez toutes les chances de recevoir un PV, en prime. Je pris donc la Route 68, qui serpente en direction du sud-ouest à partir de Bangor. Elle est très fréquentée, et pourvu qu'on n'ait pas l'air trop barjot, on s'en sort en général assez bien. Quant aux flics, ils vous fichent la paix, la plupart du temps.

Mon premier chauffeur fut un agent d'assurances d'humeur morose qui me conduisit jusqu'à Newport. Je poireautai au carrefour de la 68 et de la 2 pendant environ vingt minutes, avant d'être pris par un vieux monsieur qui se rendait à Bowdoinham. Il n'arrêtait pas de s'empoigner l'entrejambe tout en conduisant. On aurait dit qu'il essayait d'attraper quelque chose qui s'agitait là-dessous.

« Ma femme disait toujours que je finirais dans le fossé avec un couteau planté dans le dos, si je continuais à prendre des auto-stoppeurs, me raconta-t-il, mais quand je vois un jeune gars comme vous planté au bord de la route, ça me rappelle ma jeunesse, que voulez-vous. J'ai levé le pouce plus souvent qu'à mon tour, je dois vous dire. Sans compter qu'à pied j'en ai fait, des kilomètres... Eh bien, en fin de compte, elle est morte il y a quatre ans, et moi je roule toujours dans la même vieille Dodge. Elle me manque terriblement (il empoigna son entrejambe). Et où allez-vous ainsi, jeune homme ? »

Je lui répondis que je me rendais à Lewiston, et lui expliquai pourquoi.

« C'est terrible, dit-il. Votre maman ! Je suis désolé, vraiment désolé pour vous. »

Il avait exprimé sa sympathie avec tant de force et de spontanéité que je sentis un début de picotement au coin des paupières. Je clignai des yeux et tentai de ravaler mes larmes. Je n'avais aucune envie, absolument aucune, d'éclater en sanglots dans la vieille bagnole de ce vieil homme, vieille bagnole qui tremblait de partout et tanguait tant qu'elle pouvait, et sentait fortement le pipi.

« Mrs McCurdy — la voisine qui m'a averti — a dit que ce n'était pas très grave. Ma mère est encore jeune. Elle n'a que quarante-huit ans.

— Tout de même, une attaque ! » Il était sincèrement attristé. Il agrippa une fois de plus son pantalon à hauteur de la braguette, tirant dessus avec sa main griffue et démesurée de vieillard. « C'est toujours sérieux, une attaque, reprit-il avec le même accent traînant que celui de Mrs McCurdy. Fiston, je te conduirais bien moi-même jusqu'à l'hôpital — jusqu'à l'entrée, même — si j'avais pas promis à mon frère de l'amener à la maison de retraite de Gates. C'est là qu'il a mis sa femme... elle a cette maladie où on oublie tout, impossible de me souvenir de son nom, à celle-là, pour tout l'or du monde je m'en souviendrais pas, Anderson, Alvarez, un truc comme ça...

— Alzheimer.

— Tout juste, j'ai dû l'attraper, moi aussi. Nom d'un chien, j'suis bien tenté de t'amener, fiston.

— Ce n'est pas la peine, je vous assure. Je trouverai bien quelqu'un qui me prendra à Gates. Pas de problème.

— N'empêche... ta mère... une attaque ! À quarante-huit ans ! (Nouvelle empoignade d'entrejambe) Foutu bandage herniaire ! » reprit-il d'une voix criarde. Puis il se mit à s'esclaffer, d'un rire où il y avait autant de désespoir que d'amusement. « Foutue artère pétée ! Si tu t'accroches trop longtemps, fiston, c'est tout ton bazar qui commence à se déglinguer. Et à la fin, le bon Dieu doit te botter les fesses, je te le dis. Mais t'es un bon gars, pour tout laisser en plan comme ça et aller la voir.

— C'est une maman en or », dis-je, sentant une fois de plus le picotement des larmes qui me montaient aux yeux. Je n'avais jamais tellement le cafard quand je partais pour la fac — un peu pendant la première semaine, puis ça passait. Il n'y avait qu'elle et moi, nous n'avions aucun parent proche. Je ne pouvais m'imaginer la vie sans elle. C'était pas trop grave, à en croire Mrs McCurdy ; une attaque, mais pas trop grave. Cette fichue vieille avait intérêt à avoir dit la vérité, vraiment intérêt.

Nous roulâmes sans rien dire pendant un certain temps. Pas à la vitesse que j'avais espéré, loin de là ; le vieux conducteur maintenait sans faiblir l'aiguille sur soixante-dix kilomètres à l'heure, et il lui arrivait de faire un tour de l'autre côté de la ligne blanche, histoire de vérifier l'état de la chaussée pour le retour, sans doute. Le trajet était long, mais au fond, c'était aussi bien. La Nationale 68 déroulait son tapis noir devant nous, zigzaguant au milieu d'hectares de forêt et coupant en deux des petits patelins qui apparaissaient et disparaissaient le temps d'un lent clin d'œil, chacun avec son bar et sa station-service : New Sharon, Ophelia, West Ophelia, Ganistan (jadis Afghanistan, incroyable mais vrai), Mechanic Falls, Castle View, Castle Rock. L'éclat du ciel limpide s'atténua peu à peu, la lumière du jour baissa ; le vieil homme alluma ses veilleuses, puis au bout d'un moment, ses phares. Il ne parut pas se rendre compte qu'il n'était pas en code, même lorsque les véhicules venant en sens inverse lui adressaient des appels énervés.

« Ma belle-sœur ne se souvient même pas de son nom, dit-il. Elle ne sait plus rien, ni oui, ni non, ni peut-être. C'est ce que ça te fait, la maladie d'Anderson, fiston. Elle a un regard... comme si elle disait : *Laissez-moi ficher le camp d'ici*, ou comme elle dirait peut-être, si elle pouvait seulement penser les mots. Tu vois ce que je veux dire ?

— Oui. » Ayant eu la mauvaise idée de prendre une profonde inspiration, je me demandai si l'odeur de pisse que je sentais provenait du vieux monsieur ou d'un chien qu'il aurait transporté de temps en temps. Allait-il se fâcher, si je baissais d'un poil la vitre ? Finalement, je m'y risquai. Il ne parut pas le remarquer, pas plus qu'il ne remarquait les voitures arrivant dans l'autre sens qui lui faisaient des appels de phares.

Vers sept heures, nous attaquâmes une colline, à West Gates, et mon chauffeur s'écria : « Hé, regarde la lune, fiston ! Elle est pas chouette ? »

Et il est vrai qu'elle était chouette —

une énorme boule orange se hissant péniblement au-dessus de l'horizon. Je lui trouvais cependant quelque chose de terrible. On l'aurait dite grosse de je ne sais quel monstre et contaminée. À la voir se lever ainsi, il me vint une idée odieuse : et si jamais ma M'man ne me reconnaissait pas, à l'hôpital ? Et si jamais elle avait complètement perdu la mémoire, si jamais elle n'arrivait plus à se rappeler quoi que ce soit, ni oui, ni non, ni peut-être ? Et si les médecins me disaient que quelqu'un allait devoir s'occuper d'elle jusqu'à la fin de sa vie ? Il faudrait que ce soit moi, ce quelqu'un — évidemment, puisqu'il n'y avait personne d'autre. Au revoir, les études. Hé, les mecs, qu'est-ce que vous en pensez ?

« Fais un vœu, mon gars ! » s'écria le vieil homme. Dans son excitation, sa voix devint encore plus aiguë et désagréable ; on aurait dit qu'on vous jetait des éclats de verre dans les oreilles. Il tira sur sa braguette de manière terrifiante. Je crus entendre le bruit de quelque chose qui se rompait. Je ne voyais pas comment on pouvait tirer ainsi sur son entrejambe sans s'arracher les couilles, bandage herniaire ou pas. « Les vœux qu'on adresse à la lune des moissons se réalisent toujours, c'est ce que disait mon père ! »

Je souhaitai donc que ma mère me reconnaisse quand elle me verrait entrer dans sa chambre ; que ses yeux s'illuminent sur-le-champ et qu'elle prononce mon nom. J'émis ce vœu et regrettai aussitôt de l'avoir fait, convaincu que d'un vœu adressé à cette lune d'un orangé fiévreux ne pouvait rien sortir de bon.

« Ah, fiston... si seulement ma femme était là ! Je lui demanderais pardon pour toutes les méchancetés et toutes les bêtises que je lui ai dites ! »

Vingt minutes plus tard, alors que quelques traînées de lumière s'attardaient encore dans le ciel, et que la lune était toujours basse et obèse, nous arrivâmes à Gates Falls. Un feu jaune clignotant surplombe le carrefour de la Route 68 et de Pleasant Street. Juste avant de l'atteindre, le vieil homme obliqua vers le trottoir ; la roue avant monta dessus et retomba dans le caniveau. La secousse me fit claquer des dents. Il me regarda avec une sorte d'excitation démente, presque du défi — tout en lui était dément, même si je ne m'en étais pas rendu compte tout de suite ; tout en lui donnait cette impression de verre brisé. Et tout ce qui sortait de sa bouche paraissait ponctué d'un point d'exclamation.

« Je vais t'amener là-bas ! Oui, m'sieur ! Tant pis pour mon frère ! Qu'il aille se faire voir ! Ton souhait va être exaucé ! »

Certes, il me tardait d'être auprès de ma mère, mais je ne me sentais pas le courage de faire trente bornes de plus dans cette odeur de pisse, avec les incessants appels de phares des voitures que nous croisions. Et l'image de ce vieux bonhomme dérivant et zigzaguant au milieu de la circulation des quatre voies de Lisbon Street n'était pas pour me rassurer. Cela tenait avant tout à lui, cependant. Je ne me voyais pas supporter trente kilomètres de plus de tirage de braguette et de criaillements comme du verre qu'on pile.

« Non, non, répondis-je. Ça ira comme ça. Allez vous occuper de votre frère. » J'ouvris la porte, et ce que je craignais se produisit. Sa main déformée de vieillard vint agripper mon bras. La main avec laquelle il ne cessait de se tripoter l'entrejambe.

« Mais si, je vais le réaliser, ton vœu ! » insista-t-il d'une voix à la fois rauque et confidentielle. Ses doigts s'enfonçaient profondément dans ma chair, juste en dessous du coude. « Je vais te déposer pile devant l'entrée ! Ouais, ouais ! Et peu importe si je te vois pour la première fois de ma vie et si nous ne nous connaissons ni d'Ève ni d'Adam ! Peu importe oui, non ou peut-être ! Je t'y conduis tout de suite !

— Ça ira, ça ira », répétai-je, me retrouvant tout d'un coup en train de lutter contre une envie furieuse de bondir hors de la vieille Dodge, quitte à lui laisser un lambeau de chemise dans la main, s'il n'y avait pas d'autre solution. On aurait dit qu'il se noyait. Je m'imaginais que si je bougeais, il allait me serrer encore plus fort, peut-être même me prendre par la nuque. Mais il n'en fit rien. Ses doigts se relâchèrent, puis libérèrent complètement mon bras lorsque je sortis une première jambe. Et je me demandai, comme on le fait toujours lorsque le moment de panique est passé, ce qui avait bien pu m'effrayer autant. Il ne s'agissait de rien de plus que d'une forme vivante à base de carbone, vieille et inscrite dans un vieil écosystème Dodge qui puait la pisse, d'un type à la mine désappointée devant le refus que j'opposais à son offre. Rien qu'un vieil homme qui ne supportait pas son bandage herniaire. De quoi donc, bonté divine, avais-je eu peur ?

« Je vous remercie pour la balade et encore plus pour cette proposition, lui dis-je. Mais je vais partir par là (je montrai Pleasant Street) et je suis sûr que quelqu'un me prendra en moins de cinq minutes. »

Il resta quelques secondes sans rien dire, puis soupira et acquiesça. « Exact, c'est la meilleure solution. Faut sortir de la ville. Y a personne qui te prend en ville, personne n'a envie de ralentir pour se faire klaxonner. »

Sur ce point, il avait raison; le stop en ville, même dans un petit patelin comme Gates Falls, c'était perdre son temps. Je me dis qu'il avait dû pas mal voyager le pouce levé, dans le temps.

« T'es bien sûr, fiston ? Tu sais ce qu'on dit, qu'un tiens vaut mieux que deux tu l'auras ? »

J'eus un instant d'hésitation. Son proverbe n'était pas dénué de bon sens, à vrai dire. Pleasant Street devenait une route — Ridge Road — à environ un kilomètre et demi du carrefour; quant à Ridge Road, elle traversait plus de vingt kilomètres de forêt avant de rejoindre la Route 196, dans la banlieue de Lewiston. La nuit était presque complètement tombée, et il est toujours plus difficile de se faire ramasser à ce moment-là. Quand vous apparaissez dans les phares, sur une route de campagne, vous avez tout de l'évadé de la maison de correction, même si vous êtes bien peigné et si vous avez la chemise qui ne sort pas du pantalon. Mais je n'avais vraiment plus envie de partager la compagnie de ce vieil homme. Même en cet instant, alors que j'étais en sécurité, hors de sa voiture, je lui trouvais encore quelque chose d'inquiétant — sa façon de parler, peut-être, qui paraissait ponctuée de points d'exclamation. Sans compter que j'avais toujours de la chance, en matière d'auto-stop.

« Tout à fait sûr, lui répondis-je. Et merci encore. Vraiment.

— Quand tu voudras, fiston. Quand tu voudras. Ma femme... » Il s'interrompit, et je vis une larme déborder de son œil. Je renouvelai mes remerciements et fis claquer la portière avant qu'il ait pu ajouter quelque chose.

Je traversai la rue d'un pas rapide, mon ombre apparaissant et disparaissant au rythme du feu jaune clignotant. Une fois de l'autre côté, je me retournai. La Dodge était toujours garée devant Frank Fountain & Fruits. À la lumière conjuguée du feu jaune et du lampadaire qui se trouvait à une dizaine de mètres de la voiture, je voyais sa silhouette lourdement appuyée sur le volant. L'idée me vint qu'il était peut-être mort, qu'en refusant son aide je l'avais tué.

Puis une voiture arriva au carrefour, et le conducteur adressa un appel de phares à la Dodge. Cette fois-ci, le vieil homme passa en code, et je sus ainsi qu'il était encore en vie. Il redémarra quelques instants plus tard et tourna lentement à l'angle de la rue. Je le suivis des yeux jusqu'à ce que ses feux de position aient disparu, puis levai la tête vers la lune. Elle commençait à perdre son aspect ballonné et sa couleur orangée, mais elle gardait néanmoins quelque chose de sinistre. Il me vint alors à l'esprit que je n'avais jamais entendu dire qu'on pouvait adresser un vœu à la lune : à l'étoile du Berger, d'accord, mais pas à la lune. De nouveau, je souhaitai pouvoir reprendre mon vœu, et tandis que l'obscurité s'épaississait et que je restais planté à la croisée des chemins, je n'eus aucun mal à penser à l'histoire du paysan et de ses trois vœux.

Je parcourus toute la longueur de Pleasant Street, agitant mon pouce en direction des voitures qui passaient sans même ralentir. Puis les magasins et les maisons se firent rares, disparurent complètement, et finalement le trottoir s'arrêta. Les arbres se refermèrent sur la chaussée, reprenant en silence possession de la terre. Chaque fois qu'un faisceau lumineux venait trouer l'obscurité, chassant mon ombre loin devant moi, je me tournais, brandissais mon pouce et arborais le sourire le plus rassurant possible. Et chaque fois, le véhicule passait sans même ralentir, dans un tourbillon d'air. Une fois, une voix me cria : « Trouve-toi donc du boulot, enfoiré ! » puis il y eut un éclat de rire.

Je n'ai pas peur du noir — je n'en avais pas peur à l'époque, plus exactement — mais je commençais à craindre d'avoir commis une erreur ; j'aurais peut-être dû accepter l'offre du vieil homme qui m'avait proposé de me conduire jusqu'à la porte de l'hôpital. J'aurais pu à la rigueur me fabriquer, avant de partir, un panneau MÈRE MALADE À LEWISTON, mais je ne suis pas sûr que cela aurait changé grand-chose. N'importe quel cinglé aurait pu en faire autant.

Je continuai d'avancer. Mes tennis faisaient crisser les gravillons du bas-côté en terre meuble, et je tendais l'oreille aux bruits de la nuit; un chien aboya, très loin; une chouette hulula, beaucoup plus près; le vent se leva avec des soupirs. Le ciel était brillant à cause de la pleine lune, mais les arbres, très hauts ici, m'empêchaient de voir l'astre lui-même.

Une fois les limites de Gates franchies, les voitures s'étaient faites de plus en plus rares. La décision de ne pas continuer avec le vieux monsieur me paraissait de plus en plus stupide à chaque minute qui passait. Je me mis à imaginer ma mère couchée sur son lit d'hôpital, la bouche déformée et paralysée dans une grimace, perdant peu à peu prise sur la vie mais essayant de s'accrocher à ce qu'il en restait d'écorce, une écorce de plus en plus glissante, tout cela pour me voir, ignorant que je n'allais pas arriver à temps, simplement parce que je n'avais pas aimé la voix aigre d'un vieillard et l'odeur de pisse de sa voiture.

Je retrouvai le clair de lune en arrivant au sommet d'une colline; à ma droite, les arbres étaient maintenant remplacés par un petit cimetière de campagne. Les pierres tombales brillaient sous la lumière pâle. Quelque chose de petit et de noir était blotti contre l'une d'elles, et m'observait. La curiosité me fit avancer d'un pas. La chose noire se déplaça et devint une marmotte. L'animal m'adressa un unique regard de reproche de son œil rouge et disparut dans les hautes herbes. Je me rendis compte brusquement que j'étais très fatigué — au bord de l'épuisement, en réalité. Je fonctionnais à l'adrénaline depuis le coup de téléphone de Mrs McCurdy, soit depuis cinq heures, mais mes réserves devaient être à sec — c'était la mauvaise nouvelle. La bonne était que, du coup, je ne ressentais plus ce besoin frénétique, urgent (et inutile) de foncer, au moins pour le moment. J'avais fait mon choix, préféré prendre Ridge Road plutôt que la Route 68 et il ne servait à rien de me faire des reproches là-dessus : *Vivons joyeux, ce qui est pris est pris*, comme disait parfois ma mère. Elle connaissait plein de trucs dans ce genre, des petits aphorismes zen dont le sens restait parfois un peu sibyllin. Absurde ou non, celui-ci me réconfortait. Si elle était morte lorsque j'arriverais à l'hôpital, il faudrait faire avec. Mais je n'y croyais pas. Le médecin avait dit que ce n'était pas très grave, d'après Mrs McCurdy ; et Mrs McCurdy m'avait aussi rappelé que M'man était relativement jeune. Un peu trop forte, d'accord, et grosse fumeuse par-dessus le marché, mais encore jeune.

Toujours est-il que je me retrouvais au beau milieu de nulle part, soudain pris d'épuisement, comme si j'avais les pieds dans le ciment.

Un mur de pierre bas fermait le cimetière, le long de la route ; en son milieu, il comportait une ouverture où l'on voyait la trace de deux ornières. Je m'assis sur le mur, les pieds dans l'une d'elles. De là, je dominais Ridge Road sur une bonne distance, dans les deux directions. Il me suffisait, lorsque je verrais des phares pointer vers l'ouest, c'est-à-dire vers Lewiston, de retourner au bord de la route et de lever le pouce. En attendant, je pouvais rester assis ici, le sac à dos sur les genoux, espérant que le repos allait rendre leur vigueur à mes jambes.

Une brume légère et lumineuse commença à monter de l'herbe. Les arbres qui entouraient le cimetière sur les trois autres côtés se mirent à bruire dans la brise naissante. D'un peu plus loin me parvenaient le murmure de l'eau courante et le plic-ploc occasionnel d'une grenouille. L'endroit était beau et curieusement apaisant, comme une illustration dans un recueil de poèmes romantiques.

Je regardai dans les deux directions. Rien ne venait sur la route, pas la moindre lueur à l'horizon. Je posai mon sac à dos dans l'ornière à mes pieds, me levai et m'avançai dans le cimetière. Une bouffée d'air redressa la mèche qui me retombait sur le front. La brume s'enroulait paresseusement autour de mes chevilles. Les pierres tombales du fond du cimetière, les plus anciennes, étaient parfois inclinées ou renversées. Les plus proches étaient beaucoup plus récentes. Je me penchai sur l'une d'elles, mains sur les genoux, pour déchiffrer son inscription ; elle était entourée de fleurs qui commençaient à peine à se faner. À la lueur du clair de lune, je n'eus pas de mal à lire le nom : GEORGE STAUB. En dessous, figuraient les dates de son bref séjour dans notre monde : 19 JANVIER 1977-12 OCTOBRE 1998. Voilà qui expliquait l'état de relative fraîcheur des fleurs ; nous étions le 14 octobre, et le jeune homme était mort deux ans auparavant. Ses parents et ses amis étaient venus commémorer cet anniversaire. Sous le nom et les dates, il y avait autre chose, un texte court. Je me penchai un peu plus pour lire...

... et battis en retraite d'un pas vacillant, terrifié et soudain trop conscient que j'étais tout seul, en pleine nuit, dans un cimetière.

*Vivons joyeux, ce qui est pris est pris*

lisait-on.

Ma mère était morte, ou se mourait peut-être en cet instant même, et ceci était le message qui m'en avertissait. Envoyé par quelque chose qui était doué d'un sens de l'humour particulièrement déplaisant.

Je me mis à reculer lentement en direction de la route, l'oreille tendue — le vent dans les arbres, le murmure du ruisseau, le plongeon des grenouilles —, redoutant à présent de percevoir d'autres bruits, un frottement sur la terre, le craquement de racines qui cèdent, et quelque chose de pas tout à fait mort qui tendrait la main vers mes chevilles...

Mes pieds s'emmêlèrent et je tombai de tout mon long, me cognant le coude sur une pierre tombale, ma nuque manquant de peu l'arête de la tombe voisine. J'atterris sur un matelas d'herbe avec un bruit sourd et me retrouvai contemplant la lune qui venait juste de passer au-dessus des arbres. Elle n'était plus orangée mais blanche, et brillait comme de l'os poli.

Au lieu d'achever de me paniquer, cette chute m'éclaircit les idées. Je ne savais pas ce que j'avais vu, mais il ne pouvait s'agir de ce que je croyais avoir vu ; c'est le genre de truc qui marche dans les films de John Carpenter ou de Wes Craven, pas dans la réalité.

*Bon, oui, d'accord,* murmura une voix dans ma tête. *Et tu n'as qu'à ficher le camp d'ici pour t'en persuader. T'en persuader pour le reste de tes jours.*

« Et merde ! » dis-je en me relevant. Le fond de mon pantalon était mouillé et je tirai sur le tissu pour le décoller de mon corps. Il ne me fut pas facile de m'approcher à nouveau du lieu où George Staub reposait pour l'éternité, mais pas aussi difficile que je l'aurais cru, cependant. Le vent multipliait ses soupirs dans les branches, annonçant un changement de temps. Des ombres dansaient de manière anarchique autour de moi. Les branches frottaient les unes contre les autres et un craquement me parvint du bois. Je me penchai de nouveau sur la pierre tombale.

GEORGE STAUB

19 janvier 1977 - 12 octobre 1998

*Vivant joyeux, la mort trop tôt l'a pris*

Je restai planté là, à moitié plié, les mains juste au-dessus des genoux, et je ne me rendis compte que mon cœur battait à tout rompre que lorsqu'il commença à ralentir. Une très désagréable coïncidence, voilà tout... et qu'y avait-il d'étonnant à ce que j'aie mal déchiffré l'inscription en caractères plus petits ? Même sans être fatigué et stressé, j'aurais pu me tromper — tout le monde sait que le clair de lune a de ces effets. Affaire classée.

Sauf que je savais très bien ce que j'avais lu : *Vivons joyeux, ce qui est pris est pris.*

Ma M'man était morte.

« Et merde ! » répétai-je. Puis je me retournai. Ce faisant, je remarquai que la brume qui déployait ses volutes sur l'herbe et autour de mes chevilles était devenue plus brillante. J'entendais le grondement lointain et de plus en plus net d'un moteur. Un véhicule arrivait.

Je retournai précipitamment jusqu'à l'ouverture dans le mur, récupérant mon sac au passage. Les phares étaient à mi-chemin dans la montée. Je levai le pouce à l'instant précis où leur faisceau m'atteignit et m'aveugla momentanément. Avant même qu'il commence à ralentir, je savais que le type allait s'arrêter. C'est curieux comme on a parfois de ces intuitions ; mais quiconque a beaucoup circulé en auto-stop pourrait vous dire que c'est assez fréquent.

La voiture passa devant moi, les feux rouges de freinage allumés, et alla se garer sur le bas-côté, à hauteur de la fin du mur qui entourait le cimetière. Je courus, le sac à dos que je n'avais pas enfilé cognant contre ma cuisse. C'était une Mustang, une authentique Mustang de la fin des années soixante ou du début des années soixante-dix. Le moteur ronflait bruyamment, un son grave et menaçant issu d'un échappement qui risquait de ne pas survivre au prochain contrôle technique... mais ce n'était pas mon problème.

J'ouvris la porte et me coulai à l'intérieur. Tandis que je posais le sac entre mes pieds, je sentis une odeur particulière, une odeur que je connaissais plus ou moins et qui était un poil désagréable. « Merci, dis-je, merci beaucoup. »

Le type au volant portait des jeans délavés et un T-shirt noir aux manches coupées au ras de l'épaule. Il était bronzé, fortement musclé et un tatouage bleu en forme de barbelés entourait son biceps droit. Il portait, tournée à l'envers, une casquette publicitaire verte John Deere. Il avait aussi un pin's agrafé près du col, mais d'où j'étais, je ne pouvais pas lire l'inscription. « Pas de problème, répondit-il. Tu vas en ville ?

— Oui. » Dans cette partie du monde, *aller en ville* signifie forcément aller à Lewiston, car c'est la seule agglomération à mériter ce nom au nord de Portland. Tandis que je refermais la porte, je remarquai un de ces désodorisants en forme de sapin qui pendait du rétroviseur. C'était l'odeur que j'avais sentie. On peut dire que, question odeurs, ce n'était pas ma nuit ; d'abord la pisse, et à présent le pin artificiel. N'empêche, c'était une voiture, et j'aurais dû me sentir rassuré. Et tandis que le type revenait sur Ridge Road et accélérait, dans le rugissement de sa Mustang d'époque, j'essayai de me convaincre que *j'étais* soulagé.

« Et qu'est-ce que tu vas faire en ville ? » demanda le chauffeur. Je lui donnais à peu près mon âge, et imaginais qu'il venait d'un petit patelin quelconque et fréquentait une école technique comme celle d'Auburn, ou bien qu'il travaillait dans une des quelques rares usines textiles encore en activité dans le secteur. Il avait probablement remis la Mustang à neuf pendant ses loisirs, car tel était le passe-temps favori des jeunes, dans les patelins du coin : boire de la bière, fumer un joint ou deux et réparer leur bagnole. Ou leur bécane.

« Mon frère se marie et c'est moi qui suis garçon d'honneur. » C'est sans la moindre préméditation que j'avais répondu par ce mensonge. Pour une raison qui m'échappait, je n'avais aucune envie de lui parler de ce qui était arrivé à ma mère. Il y avait quelque chose qui clochait dans le tableau. J'ignorais quoi, et même pour quelle raison je ressentais une telle impression, mais cette idée s'imposait à moi. J'en étais sûr et certain, quelque chose clochait. « On met la cérémonie au point demain. Et le soir, on enterrera sa vie de garçon.

— Ah ouais ? C'est vrai ? » Il se tourna pour me regarder. Il avait les yeux très écartés, un beau visage, des lèvres pleines qui esquissaient un sourire — mais une expression incrédule.

« Ouais. »

J'avais peur. De nouveau, j'avais peur,

tout simplement. Décidément, quelque chose clochait, et avait même commencé à clocher lorsque le vieux chnoque à la Dodge m'avait invité à adresser un vœu à la lune malsaine au lieu d'une étoile. Ou peut-être au moment où j'avais décroché le téléphone et entendu Mrs McCurdy m'annoncer qu'elle avait de mauvaises nouvelles pour moi, mais que ce n'était pas aussi grave qu'on pouvait croire.

« Eh bien, c'est super, dit le jeune homme à la casquette à l'envers. Un frère qui se marie, vieux, c'est super ! Comment tu t'appelles ? »

Je n'avais pas seulement peur. J'étais terrifié. Tout clochait, absolument tout, et je ne comprenais ni pourquoi ni comment cela avait pu se dégrader aussi vite. Une chose était certaine, cependant : je ne voulais surtout pas dire mon nom au chauffeur de la Mustang, pas plus que je n'avais voulu qu'il sache pour quelle raison je me rendais à Lewiston. Comme si j'allais y arriver. Je fus soudain convaincu que jamais je ne reverrais Lewiston. La même intuition que lorsque j'avais su que la voiture allait s'arrêter. Et il y avait l'odeur, cette odeur qui m'avait alerté. Pas celle du désodorisant, mais une autre, dissimulée en dessous.

« Hector, répondis-je, donnant le nom de mon compagnon de piaule. Hector Passmore. » Les mots étaient sortis sans peine, calmement, de ma bouche desséchée. Ouf. Quelque chose me disait qu'il ne fallait absolument pas que le chauffeur de la Mustang se doute que j'avais cette impression que tout clochait. Que c'était ma seule chance.

Il se tourna légèrement vers moi et je pus lire l'inscription sur le pin's : JE SUIS MONTÉ DANS LE BOLID' À LA FOIRE DE LACONIA. Je connaissais l'endroit pour y avoir été une fois. Mais cela faisait longtemps.

Je vis également une grosse ligne noire qui lui entourait le cou comme le tatouage du fil de fer barbelé lui entourait le biceps. Sauf que là, il ne s'agissait plus d'un tatouage. La ligne noire était ponctuée de douzaines de marques verticales. Des points de suture, posés par celui qui avait recousu cette tête sur ces épaules.

« Ravi de faire ta connaissance, Hector. Moi, c'est George Staub. »

Ma main parut flotter vers la sienne comme dans un rêve. J'aurais bien aimé que ce soit un rêve, mais je ne pouvais me payer d'une telle illusion ; chaque détail avait cette précision aiguë qui est la marque de la réalité. L'odeur dominante était bien celle de la résine; l'odeur sous-jacente, celle d'un produit chimique, probablement du formol. J'étais le passager d'une voiture conduite par un mort.

La Mustang roulait sur Ridge Road à plus de cent à l'heure, précédée du faisceau de ses phares, sous la lumière d'une lune ronde et polie. De chaque côté, les arbres massés jusqu'au bord de la chaussée dansaient et se tordaient dans le vent. George Staub me sourit de ses yeux vides, puis il lâcha ma main et reporta son attention sur la route. J'avais lu *Dracula* quelques années auparavant et une phrase du roman me revint à l'esprit, où elle résonna comme une cloche fêlée : Les morts conduisent vite.

*Faut pas qu'il sache que je sais*. Cet avertissement résonnait aussi dans ma tête. Ce n'était pas grand-chose, mais c'était tout ce qui me restait. *Faut pas qu'il sache, faut pas qu'il...* Je me demandai où était à présent le vieux monsieur. Bien tranquille chez son frère ? Ou bien était-il dans le coup dès le début ? Qui sait s'il n'était pas juste derrière nous, dans sa vieille Dodge, penché sur le volant et tirant comme un malade sur son bandage herniaire ? Était-il mort, lui aussi ? Probablement pas. Les morts conduisent vite, à en croire Bram Stoker, et le vieillard n'avait jamais dépassé le soixante-dix à l'heure. Je sentis un ricanement dément monter du fond de ma gorge, et je dus faire un effort pour le contenir. Si jamais je riais, l'autre allait savoir. Et il ne fallait pas qu'il sache, vu que c'était mon seul espoir.

« Rien ne vaut des épousailles, observa-t-il.

— Ouais. Tout le monde devrait se marier deux fois. »

Mes mains s'étaient croisées et s'étreignaient. Je sentais mes ongles s'enfoncer dans ma chair, juste au-dessus des articulations, mais la sensation restait lointaine, comme une information venue d'ailleurs. Pas question qu'il devine quoi que ce soit, c'était ça l'important. Nous étions entourés de bois, la seule lumière était celle qui tombait, glacée, de la lune insensible, et il ne fallait pas qu'il sache que je savais qu'il était mort. Parce qu'il ne s'agissait pas d'un fantôme, de quelque chose d'aussi inoffensif qu'un spectre. On peut à la rigueur *voir* un fantôme, mais comment appelle-t-on un truc qui conduit une voiture et vous propose de vous emmener ? À quel genre de créature avais-je affaire ? À un zombie ? À une goule ? À un vampire ? À autre chose encore ?

George Staub éclata de rire. « Se marier deux fois ! Ouais, vieux, c'est toute l'histoire de ma famille !

— Et de la mienne », dis-je. Ma voix était calme, la voix d'un auto-stoppeur qui, en guise de paiement et pour passer le temps agréablement, faisait la conversation à son chauffeur. « Rien ne vaut des funérailles.

— Des épousailles », me corrigea-t-il doucement. Dans la lumière qui émanait du tableau de bord, il avait un teint cireux, la tête d'un cadavre avant qu'il ne soit maquillé. La casquette à l'envers était particulièrement horrible. On se demandait ce qui pouvait bien rester en dessous. J'avais lu quelque part que les thanatopracteurs sciaient le sommet du crâne et remplaçaient la cervelle par une sorte de coton traité chimiquement. Peut-être pour éviter au visage de se rétracter.

« Des épousailles », dis-je, les lèvres engourdies. Je réussis même à rire — un petit pouffement. « Les épousailles, voilà ce que je voulais dire.

— On dit toujours ce que l'on veut dire,

voilà ce que je pense. » Le conducteur de la Mustang souriait toujours.

Oui, c'était aussi ce que Freud avait pensé, comme je l'avais lu dans le cours d'intro à la psycho. Je n'avais pas l'impression que ce type devait en savoir long sur Freud, et je voyais mal nos doctes freudiens se baladant en T-shirt à manches coupées et casquette de baseball tournée à l'envers ; mais il en savait assez. Des funérailles, voilà ce que j'avais dit. Bonté divine, j'avais dit funérailles ! Il me vint à l'esprit qu'il se jouait de moi. Il avait employé le terme désuet *épousailles* pour me pousser à la faute. Je ne voulais pas qu'il sache que je le savais mort. Lui ne voulait pas que je comprenne qu'il savait que je le savais. Et du coup, je ne pouvais lui laisser savoir que je savais qu'il savait que je savais...

Le monde se mit à vaciller autour de moi. Il allait se mettre à tourner, puis à tourbillonner, et je serais perdu. Je fermai les yeux quelques instants. Dans l'obscurité, l'image résiduelle de la lune persista, devenue verte.

« Eh, vieux, tu te sens pas bien ? » Il y avait quelque chose d'horrible dans l'inquiétude qu'il manifestait.

« Si. » J'ouvris les yeux. Les choses

avaient repris leur place normale. À l'endroit où mes ongles s'incrustaient dans la peau de mes mains, j'éprouvais une douleur aiguë et bien réelle. Et les odeurs. Pas simplement celle de la résine artificielle, pas seulement celle du formol. Il y avait une odeur de terre, aussi.

« T'es sûr ?

— Juste un peu fatigué. Fait un moment que je roule en stop. Des fois, j'ai un peu le mal de la route. » L'inspiration me frappa soudain. « Tu sais quoi ? Il vaudrait mieux me laisser descendre. Avec un peu d'air frais, mon mal au cœur va se calmer. Quelqu'un d'autre finira bien par passer, et...

— Impossible, dit-il. Te laisser ici ? Pas question. Si ça se trouve, personne ne passera avant une heure ou deux, et rien ne prouve qu'on te prendra. Je dois m'occuper de toi. C'est comment, cette chanson, déjà ? Amène-moi à l'heure à l'église, un truc comme ça, non ? Pas question que je te laisse ici. Tu n'as qu'à entrouvrir la fenêtre, ça te fera du bien. Je sais que ça ne sent pas très bon, là-dedans. J'ai mis ce déodorant, mais c'est de la merde, ces trucs-là. Évidemment, certaines odeurs sont plus difficiles à faire disparaître que d'autres. »

Je voulus porter la main jusqu'à la poignée commandant la vitre et la tourner pour laisser pénétrer l'air frais, mais les muscles de mes bras paraissaient incapables de se contracter. Je ne pouvais rien faire d'autre que rester assis, les mains croisées, mes ongles s'enfonçant dans ma chair. J'avais une série de muscles qui refusait de travailler et une autre qui ne voulait plus s'arrêter. La bonne blague.

« C'est comme dans cette histoire, reprit-il. Celle sur le petit jeune qui achète une Cadillac pratiquement neuve pour sept cent cinquante dollars. Tu la connais ?

— Ouais », grognai-je entre des lèvres toujours aussi engourdies. En fait, je ne la connaissais pas, mais je savais parfaitement bien, en revanche, que je n'avais aucune envie de la connaître, que je n'avais aucune envie de l'entendre raconter la moindre histoire. « Elle est connue. » Devant nous, la chaussée fuyait comme une route dans un vieux film en noir et blanc.

« Et comment, qu'elle est connue, archiconnue, même. Bon, le gosse regarde la voiture et se rend compte que c'est une

Cadillac dernier modèle presque neuve, devant la maison du type.

— J'ai dit que-

— Ouais, et il y a un panneau où il y a écrit à vendre posé dessus. »

Il avait une cigarette coincée derrière l'oreille. Il leva la main pour la prendre et son T-shirt, à ce moment-là, se mit à bâiller. J'aperçus une deuxième ligne noire ponctuée de marques et de points de suture. Puis il se pencha pour enfoncer l'allume-cigares et le T-shirt se remit en place.

« Le petit jeune sait très bien qu'il n'a pas les moyens de se payer une Cadillac, que les Cadillac sont un rêve pour lui; mais il est curieux, tu comprends? Alors il va voir le type, qui est justement en train de la laver, et il lui demande combien il en veut. Et le type coupe l'eau de son tuyau et il lui répond : "Hé, mon gars, c'est ton jour de chance, aujourd'hui. Sept cent cinquante dollars, et elle est à toi." »

L'allume-cigares ressortit. Staub le prit et appuya son extrémité rougeoyante contre sa cigarette. Puis il inhala, et je vis de minuscules volutes de fumée sortir par les points qui retenaient la peau recousue de son cou.

« Alors le gosse regarde par la vitre et constate qu'elle a seulement vingt-cinq mille kilomètres au compteur. Et il dit au type : "Ouais, elle est bien bonne, celle-là. Aussi marrante qu'une moustiquaire sur un sous-marin." Et le type lui répond : "C'est pas une blague, jeune homme, aboule le fric, et elle est à toi. Je veux même bien prendre un chèque, si tu préfères, t'as l'air honnête." Et le gosse dit... »

Je regardai par la fenêtre. Je l'avais déjà entendue, cette histoire. Des années auparavant, j'avais peut-être quinze ou seize ans. Dans la version que je connaissais, la voiture était une Thunderbird, mais sinon tout était pareil. Le petit jeune répondait : *Je n'ai peut-être que dix-sept ans mais je ne suis pas idiot, personne n'irait vendre une voiture pareille, avec aussi peu de kilomètres au compteur, pour seulement sept cent cinquante dollars.* Alors le type lui avoue que c'est à cause de l'odeur, qu'il n'arrive pas à se débarrasser de l'odeur, qu'il a essayé, tout essayé, mais que rien n'est arrivé à la faire disparaître. Qu'il était parti en voyage d'affaires, un assez long voyage d'affaires, parti pour...

« ... quinze jours », était en train de dire

Staub. Il souriait à la manière des types qui pensent qu'ils en racontent une bien bonne. « Et que quand il est revenu, il avait retrouvé sa voiture dans le garage avec sa femme dedans, morte pratiquement depuis le jour de son départ. On ne savait pas si c'était un suicide ou une crise cardiaque ou autre chose, mais elle était toute gonflée et la voiture avait gardé l'odeur et tout ce qu'il demandait, c'était de la vendre. » Il se mit à rire. « Sacrée histoire, non ?

— Mais pourquoi n'a-t-il pas appelé chez lui ? » Ma bouche qui parlait toute seule. J'avais les neurones pétrifiés. « Il part deux semaines en voyage d'affaires et il n'appelle pas une seule fois sa femme pour savoir comment elle va ?

— Oh, de toute façon, ce n'est pas la question. La question, c'est la bonne affaire, non ? Comment ne pas être tenté ? Après tout, on peut toujours conduire une foutue bagnole les vitres ouvertes, pas vrai ? Et en fin de compte, c'est juste une histoire. Inventée. J'y ai pensé à cause de l'odeur, dans cette voiture. Une odeur bien réelle. »

Gros silence. Et je pense, en mon for intérieur : *Il attend que je dise quelque chose, il attend que je mette un terme à cette mascarade.* Et c'était bien ce que j'avais envie de faire. Vraiment. Sauf que... et ensuite ? Qu'allait-il faire ensuite ?

Il frotta son pin's du gras du pouce. Celui qui proclamait : JE SUIS MONTÉ DANS LE BOLID' À LA FOIRE DE LACONIA. Je vis qu'il avait de la terre sous les ongles. « J'étais là-bas aujourd'hui. À Thrill Village, la foire aux attractions. J'ai fait un boulot pour un type et il m'a offert le passe pour la journée. Ma petite amie devait venir avec moi, mais elle m'a appelé et m'a dit qu'elle ne se sentait pas bien, elle a des règles très douloureuses, des fois, ça la rend malade comme un chien. C'est embêtant, mais qu'est-ce que tu veux ? Pas de règles, et c'est les emmerdes qui commencent, pour tous les deux. » Il poussa un petit jappement, un faux rire dépourvu d'humour. « Alors j'y suis allé tout seul. C'était idiot de gaspiller un passe d'une journée. T'as jamais été à Thrill Village ?

— Si, une fois. Quand j'avais douze ans.

— Avec qui ? Tu n'étais pas tout seul, tout de même. Pas à douze ans. »

Je ne lui avais pas déjà raconté ça ? Non. Il jouait avec moi, un point c'est tout, me faisant courir d'un côté et de l'autre. J'envisageai un instant d'ouvrir la portière et de me jeter dans la nuit, en me protégeant la tête avec les bras au moment de toucher le sol, mais je savais qu'il me rattraperait par le colback avant. Et, de toute façon, je n'étais même pas capable de lever les bras. Agripper mes mains l'une à l'autre, c'est tout ce que je parvenais à faire.

« Non, j'étais avec mon père. C'est lui qui m'a emmené.

— T'es monté dans le Bolid'? Moi, j'en ai fait quatre tours, de cette connerie. Houla! tu te retrouves la tête en bas! » Il me regarda et laissa échapper un de ses jappements vides de sens. La lumière de la lune ondoyait dans ses yeux, les réduisant à deux cercles blancs, comme ceux d'une statue. Et je compris que non seulement il était mort, mais aussi cinglé. « T'es monté là-dessus, Alan? »

Je pensai un instant lui dire qu'il se trompait de nom, que je m'appelais Hector, mais à quoi bon? Nous arrivions à la fin.

« Ouais », murmurai-je. À l'extérieur, pas une seule lumière en dehors de celle de la lune. Les arbres nous fonçaient dessus, se tordant comme les danseurs en

49

transe qui viennent d'écouter un prédicateur particulièrement convaincant. La chaussée défilait à toute vitesse. Je jetai un coup d'œil au compteur. On roulait à cent quarante. On était dans le Bolid', à présent, lui et moi; on s'élançait dans la ligne droite de la mort. « Ouais, le Bolid'. J'y suis monté.

— C'est pas vrai. » Il tira sur sa cigarette, et une fois de plus je vis les microscopiques volutes de fumée sortir des points de suture, autour de son cou. « T'es jamais monté là-dedans. Et sûrement pas avec ton père. Tu as fait la queue, ça c'est exact, mais avec ta mère. La queue était longue; pour le Bolid', elle est toujours longue, et elle n'avait pas envie de poireauter longtemps au soleil, à crever de chaud. Elle était déjà grosse, et elle n'aimait pas la chaleur. Mais tu l'avais tannée toute la journée, tannée jusqu'à plus soif — et c'est là qu'est le gag, vieux. Quand ton tour est arrivé, tu t'es dégonflé. Pas vrai ? »

Je ne dis rien. J'avais la langue scotchée au palais.

Sa main s'avança, une main à la peau jaunâtre dans la lueur du tableau de bord, aux ongles crasseux, une main qui empoigna les miennes, toujours soudées l'une à l'autre. La force qui les bloquait s'évanouit à cet instant-là et elles retombèrent chacune de leur côté, tel un nœud qui se défait, comme par enchantement, sur un coup de baguette magique. Sa peau était froide et évoquait celle d'un serpent.

« Pas vrai ?

— Si... » Ma voix était à peine un murmure. « Quand ça a été notre tour et que j'ai vu combien c'était haut... que j'ai vu les cabines se retourner en arrivant là-haut et les gens qui criaient... je me suis dégonflé. Elle m'a collé une gifle et ne m'a pas adressé la parole sur tout le chemin du retour. Je ne suis jamais monté dans le Bolid'. »

Enfin, jusqu'à cet instant.

« T'aurais dû, vieux, t'aurais dû. C'est l'attraction la plus sensationnelle. Celle à ne pas manquer. Il n'y en a pas une qui la vaut, en tout cas à Thrill Village. Je me suis arrêté en chemin pour acheter de la bière, dans le magasin près de la frontière. J'avais l'intention de passer chez ma petite amie pour lui donner le pin's, histoire de blaguer. » Il tapota l'objet, sur sa poitrine, baissa sa vitre et jeta sa cigarette dans la nuit venteuse. « Mais je parie que tu te doutes de ce qui est arrivé. »

Évidemment, que je m'en doutais. Le grand classique des histoires de fantômes. Il s'était fichu en l'air avec la Mustang, et quand les flics étaient arrivés, ils n'avaient retrouvé qu'un cadavre dans ce qui restait de la voiture, un corps décapité assis au volant. La tête était sur le siège arrière, avec la casquette à l'envers, ses yeux morts fixant le toit; et depuis, on le voyait toujours parcourir Ridge Road par les nuits de pleine lune, quand le vent soufflait fort, *houuuuuu*... la suite après un spot publicitaire. Je sais maintenant quelque chose que j'ignorais alors : les pires histoires sont celles que l'on a entendues toute sa vie. Celles-là sont les vrais cauchemars.

« Rien ne vaut des funérailles, dit-il en riant. Ce n'est pas ce que tu as dit? T'as glissé à ce moment-là, Al. Glissé, trébuché — et tu es tombé.

— Laissez-moi descendre, murmurai-je. Je vous en prie.

— Eh bien, nous avons justement à parler de ça, dit-il en se tournant vers moi. N'est-ce pas? Au fait, sais-tu qui je suis, Alan?

— Un fantôme. »

Il eut un petit grognement d'impatience, et je vis, à la lueur du tableau de bord, s'abaisser les commissures de ses lèvres. « Allons, vieux, tu peux faire mieux que ça. Ce con de Casper est un fantôme, lui. Est-ce que je flotte dans l'air, par hasard ? Est-ce qu'on voit à travers mon corps ? » Il leva une de ses mains, l'ouvrit et la referma devant moi. J'entendis craquer ses tendons, comme s'ils manquaient de lubrifiant.

Je voulus dire quelque chose. Quoi au juste, je ne sais plus, mais c'est sans importance, car aucun son ne franchit mes lèvres.

« Je suis une sorte de messager, reprit Staub. La foutue FedEx d'outre-tombe, ça te plaît pas ? Les types comme moi se pointent en réalité assez souvent dans les parages — chaque fois que les circonstances sont favorables. Tu veux que je te dise ce que j'en pense ? »

Sa question était purement rhétorique et il enchaîna. « J'en pense que celui qui mène le bal — Dieu, ou tu l'appelleras comme tu voudras — doit adorer s'amuser. Il a toujours envie de vérifier si vous vous contentez de ce que vous avez ou si vous n'avez pas envie d'aller voir de l'autre côté du rideau. Mais cela ne peut se faire que dans des circonstances bien précises. Comme ce soir. Toi, tout seul dans la nature... ta mère malade... besoin d'un moyen de transport...

— Si j'étais resté avec le vieux, rien de tout ceci ne serait arrivé, n'est-ce pas ? » Je sentais maintenant avec précision les effluves qui émanaient de Staub, odeur piquante de produits chimiques mélangée à la puanteur grasse de chairs en décomposition. Je me demandai comment j'avais pu ne pas les remarquer tout de suite, ou les confondre avec autre chose.

« Difficile à dire, répondit Staub. Ton vieux était peut-être mort, lui aussi. »

Je repensai à la voix pleine d'éclats de verre du vieillard, aux claquements de son bandage herniaire. Non, il n'était pas mort, et j'avais échangé l'odeur de pisse de la vieille Dodge contre quelque chose d'infiniment pire.

« De toute façon, mon vieux, nous n'avons pas le temps de parler de ça. Dans moins de dix kilomètres, on va commencer à voir les premières maisons. Dans moins de quinze, on atteindra les limites de la ville. Ce qui signifie qu'il faut que tu décides tout de suite.

— Que je décide quoi ? » Je posai la question, mais je crois que je connaissais la réponse.

« Qui monte dans le Bolid' et qui reste à terre. Toi ou ta mère. » Il se tourna et me regarda de ses yeux de noyé de la pleine lune. Il me sourit plus largement et je vis qu'il avait perdu presque toutes ses dents, cassées pendant l'accident. Il tapota le volant. « J'en emporte un des deux avec moi, vieux. Et comme c'est toi qui es ici, c'est toi qui choisis. Alors ? »

La phrase *Vous n'êtes pas sérieux* monta à mes lèvres, mais n'en sortit pas. À quoi aurait servi de la prononcer, ou de dire quoi que ce soit d'autre ? Bien sûr, qu'il était sérieux. Mortellement sérieux.

Je pensai à toutes ces années passées ensemble, Alan et Jean Parker contre le reste du monde. Beaucoup de bons moments, et plus d'un réellement mauvais. Mes pantalons rapiécés, les ragoûts à l'identification douteuse. La plupart des autres avaient de l'argent de poche pour s'offrir un déjeuner chaud ; moi, c'était un sandwich au beurre de cacahuètes ou un morceau de saucisson à l'ail roulé dans du pain de la veille, comme les gosses dans ces histoires de pauvres-devenus-riches à faire pleurer dans les chaumières. Ses boulots, dans Dieu seul sait combien de restaurants et de bars pour nous faire vivre. Le jour de congé qu'elle avait pris pour son entretien avec le type de l'Aide sociale à l'enfance... elle avait mis son plus bel ensemble pantalon, lui était là, assis dans le rocking-chair de la cuisine, en costard, un costard de bien meilleure qualité que l'ensemble de ma mère, même un gosse de neuf ans pouvait s'en rendre compte, un bloc-notes sur les genoux et un gros stylo brillant à la main. Et elle répondant aux questions gênantes, insultantes, que le type posait avec un sourire vissé aux lèvres, elle lui offrant même un café car s'il faisait un bon rapport elle toucherait cinquante dollars de plus par mois, cinquante malheureux billets. Allongée sur le lit après le départ du type elle avait pleuré, et lorsque j'étais venu m'asseoir près d'elle, elle avait essayé de sourire, elle avait dit que ASE ne voulait pas dire Aide Sociale à l'Enfance, mais Abominables Salauds d'Enfoirés. J'avais ri et elle avait ri aussi, parce qu'il valait mieux en rire, nous le savions bien. Quand on était juste soi et sa grosse mère accro à la nicotine, rire était la plupart du temps la seule manière de s'en sortir sans devenir fou à se taper la tête contre les murs. Sauf qu'il n'y avait pas que ça. Pour des gens comme nous, des trotte-menu qui cavalent dans le monde comme des souris dans un dessin animé, rire de ces salopards était parfois la seule vengeance que l'on pouvait s'offrir. Quand je pense à tous ces boulots qu'elle avait pris, aux heures sup qu'elle s'était tapées, à ses chevilles bandées quand elles gonflaient, à ses pourboires qu'elle mettait dans un pot avec l'étiquette *Pour les études d'Alan* — oui, toujours et encore comme dans ces histoires débiles de pauvres-devenant-riches — elle me disant et me répétant que je devais travailler dur, que les autres gosses pouvaient peut-être s'offrir le luxe de glander à l'école mais que moi pas question, car elle pouvait bien mettre de côté tous ses pourboires jusqu'au jour du Jugement dernier, ça ne suffirait jamais... et finalement il allait falloir demander des bourses et des prêts pour que je puisse aller à la fac, et il fallait que j'aille à la fac, il le fallait absolument, car c'était ma seule porte de sortie... et la sienne. J'avais donc travaillé dur, vous pouvez me croire, car je n'étais pas aveugle — je voyais bien qu'elle était beaucoup trop grosse, je voyais bien qu'elle fumait comme un sapeur (son seul petit plaisir personnel... son seul vice, si vous préférez ce point de vue), et je savais qu'un jour nos situations s'inverseraient et que ce serait moi qui prendrais soin d'elle. Avec des études supérieures et un bon boulot, peut-être pourrais-je y parvenir — je *voulais* y parvenir. Je l'aimais. Elle avait un caractère de cochon et la dent dure — le jour où on avait fait la queue pour le Bolid' et où je m'étais dégonflé n'avait pas été la seule fois où elle m'avait crié après et flanqué une gifle — mais je l'aimais en dépit de cela. Et même, à cause de cela. Je l'aimais autant quand elle me frappait que lorsqu'elle m'embrassait. Comprenez-vous ? Moi, si. Et c'est très bien. Je ne crois pas qu'on puisse résumer une vie, expliquer une famille ; or nous étions une famille, elle et moi, la plus petite famille imaginable, une petite famille très unie de deux personnes, un secret partagé. J'aurais répondu que j'étais capable de tout pour elle, si on m'avait posé la question. Et c'était exactement ce qu'on me demandait de faire. On me demandait de mourir pour elle, ou de mourir à sa place, alors même qu'elle avait déjà vécu la moitié de sa vie, et probablement beaucoup plus que la moitié. Moi, je commençais à peine la mienne.

« Alors, Al, qu'est-ce que t'en dis ? Le temps passe.

— Je ne peux pas prendre une décision pareille », répondis-je d'une voix étranglée. La lune voguait au-dessus de la route, rapide et brillante. « C'est dégueulasse de me demander ça.

— Je sais. Vous dites tous la même chose, crois-moi. (Il baissa la voix.) Faut que j'ajoute quelque chose. Si tu ne t'es pas décidé avant qu'on arrive aux premières maisons, je vous emporte tous les deux. » Il fronça un instant les sourcils, puis retrouva le sourire, comme s'il venait de se rappeler qu'il n'y avait pas que des mauvaises nouvelles dans ce qu'il venait de dire. « Vous pourriez monter tous les deux à l'arrière et parler du bon vieux temps, ce serait toujours ça.

— Et on irait où ? »

Il ne répondit pas. Il ne le savait peut-être pas.

Les arbres se brouillaient en un flot d'encre noire. Les phares dévoraient la route et la route filait. J'avais vingt et un ans. Je n'étais pas puceau, mais je n'avais été qu'une fois avec une fille et comme j'étais saoul, je n'avais que de vagues souvenirs de la chose. Il y avait mille endroits que je désirais voir : Los Angeles, Tahiti, et pourquoi pas Luchenbach, au Texas. Et mille choses que je voulais faire. Ma mère avait quarante-huit balais, et quarante-huit balais, c'est vieux, bon Dieu de Dieu ! Ce n'était pas ce que disait Mrs McCurdy, mais Mrs McCurdy était elle-même vieille. Ma mère avait fait pour moi tout ce qu'elle devait faire, travaillé comme une forcenée et pris soin de moi, mais avais-je choisi la vie qu'elle avait eue ? Elle avait quarante-huit ans. Moi j'en avais vingt et un. J'avais, comme on dit, toute la vie devant moi. Mais était-ce ainsi qu'on jugeait les choses ? Comment décider, dans un cas pareil ? Comment peut-on faire un tel choix ?

Les bois défilaient à toute allure. La lune tournait vers nous son œil brillant et mortel.

« Tu ferais bien de te grouiller, vieux, reprit George Staub. On va être à court de forêts. »

J'ouvris la bouche et essayai de parler. Il n'en sortit qu'une sorte de soupir sec.

« Tiens, t'as qu'à prendre ça. » Il tendit la main derrière lui. Son T-shirt se souleva de nouveau et je vis une fois de plus (j'aurais pu m'en passer) la ligne noire ponctuée de points de suture qui lui zébrait le ventre. Y avait-il encore des entrailles, en dessous, ou rien que de la bourre imbibée de produits chimiques ?

Quand sa main reparut, elle tenait une canette de bière — sans doute l'une de celles qu'il avait achetées au magasin de la frontière, lors de sa dernière balade.

« Je sais ce que ça fait. Le stress dessèche la bouche. Tiens, prends ça. »

Il me tendit la canette. Je la pris, tirai sur l'anneau et avalai plusieurs longues gorgées. La bière était fraîche et laissa un goût amer dans ma gorge. Je n'en ai plus jamais bu depuis. Impossible d'avaler ça. C'est à peine si je peux supporter les pubs de bière, à la télé.

Devant nous brillait une petite lumière jaune dans la nuit.

« Grouille-toi, Al. Tu vois ? C'est la première maison, là-haut sur la colline. Si tu as quelque chose à me dire, c'est maintenant ou jamais. »

La lumière disparut, puis revint — mais il y en avait d'autres, à présent. Des fenêtres. Derrière, il y avait des gens ordinaires en train de vaquer à des occupations ordinaires, de regarder la télé, de donner à manger au chat, ou peut-être de se tirer la tige dans la salle de bains.

Je repensai à ma mère et à moi debout dans la file d'attente, à Thrill Village, Jean et Alan Parker, une grosse femme avec de larges taches de transpiration sous les

61

emmanchures de sa robe d'été, et son petit garçon. Elle n'avait aucune envie de faire la queue, Staub avait raison... mais je lui avais cassé les pieds, cassé les pieds. Là aussi, il avait raison. Elle m'avait donné une claque, mais elle avait fait la queue avec moi. Elle avait fait la queue avec moi je ne sais combien de fois, et je pouvais bien repasser tout ça dans ma tête, tous les arguments pour et contre, mais il n'était plus temps.

« Prends-la, dis-je alors que les lumières de la première maison fonçaient vers la Mustang. Prends-la, prends ma mère, pas moi. »

Je jetai la canette de bière au sol et m'enfouis le visage entre les mains. Il me toucha à cet instant ; je sentis sa main qui tripotait le devant de ma chemise, et l'idée s'imposa brusquement à mon esprit, avec une évidence éclatante, que tout cela n'avait été qu'une épreuve. J'avais échoué, et il allait arracher mon cœur encore tout palpitant de ma poitrine, tel le djinn diabolique d'un conte arabe plein de cruauté. Je hurlai. Puis je ne sentis plus ses doigts — à croire qu'il venait de changer d'avis à la dernière seconde — et son bras passa devant moi. Un instant, mon nez et ma gorge furent tellement pleins de son odeur de mort que j'eus la certitude d'être mort moi-même. Puis il y eut le cliquetis de la portière qui s'ouvrait ; une bouffée d'air frais entra dans la voiture et entraîna la puanteur avec elle.

« Fais de beaux rêves, Al », grogna-t-il dans le creux de mon oreille avant de me pousser. J'allai rouler dans l'obscurité venteuse de la nuit d'octobre, les yeux fermés, la tête dans les mains, le corps tendu dans l'attente d'une chute à me briser les reins. Peut-être ai-je crié, mais je ne m'en souviens pas avec certitude.

Il n'y eut aucun contact brutal avec le sol et, au bout d'un moment qui n'en finissait pas, je me rendis compte que j'étais déjà allongé dessus : je le sentais sous moi. J'ouvris les yeux, mais les refermai presque aussitôt. L'éclat de la lune était aveuglant. Un élancement douloureux me traversa la tête et aboutit tout au fond de mon crâne, à hauteur de la nuque. Rien à voir avec la sensation pénible que l'on éprouve après avoir été soumis à une lumière trop vive. Je me rendis compte que j'avais les jambes et les fesses humides et froides. J'étais sur le sol, cependant, et c'était tout ce qui m'importait.

Je me redressai sur les coudes et rouvris les yeux, plus prudemment cette fois. Je crois que je savais déjà où je me trouvais et il me suffit d'un coup d'œil autour de moi pour le confirmer : dans le petit cimetière, en haut de la colline que franchissait Ridge Road. La lune me surplombait presque, à présent ; d'une blancheur féroce, son disque était beaucoup plus petit que quelques instants auparavant. La brume était plus dense et s'étendait comme une couverture ouatée sur le cimetière. Quelques pierres tombales en dépassaient comme autant d'îlots. Je voulus me mettre debout, et un nouvel élancement douloureux me parcourut la nuque. J'y portai la main et sentis que j'avais une bosse. Elle était engluée d'un liquide poisseux. Je regardai ma main. À la lumière de la lune, les traînées de sang qui striaient ma paume paraissaient noires.

Je parvins à me remettre debout à ma deuxième tentative, et restai ainsi un moment à vaciller sur place entre les tombes, de la brume jusqu'aux genoux. Je me tournai, vis l'ouverture dans le mur, puis la route, de l'autre côté. Je ne distinguai pas mon sac, que recouvrait la brume, mais je savais qu'il était là. Il me suffisait de regagner la route par l'ornière de gauche pour le retrouver. Il était même probable que je trébucherais dessus.

À cela se résume donc mon histoire, bien ficelée avec un joli nœud : je m'étais arrêté au sommet de cette colline afin de me reposer, j'étais entré dans le cimetière par curiosité et, alors que je reculais brusquement, devant la tombe d'un certain George Staub, je m'étais bêtement emmêlé les pinceaux. Dans ma chute, je m'étais assommé contre une pierre tombale. Combien de temps étais-je resté inconscient ? Je n'étais pas assez malin pour pouvoir l'évaluer à la minute près en fonction de la hauteur de la lune, mais j'estimais avoir passé une bonne heure sur le carreau. Assez longtemps, en tout cas, pour avoir eu le temps de rêver d'une course en voiture avec un mort au volant. Quel mort, au fait ? George Staub, évidemment, le nom que j'avais déchiffré sur la pierre tombale juste avant de m'assommer pour le compte. Une conclusion des plus banales, pas vrai ? *Seigneur, quel affreux cauchemar ai-je fait !* Et si en arrivant à Lewiston je découvrais que ma mère était morte ? Juste un zeste de prémonition pendant la nuit — l'explication tenait. Le genre d'histoire que l'on aime à raconter au bout de quelques années, à la fin d'une soirée, et les gens hochent la tête, songeurs, la mine solennelle, et vous trouverez toujours un prof sentencieux en veston de tweed avec du cuir aux coudes pour vous rappeler qu'il y a plus de choses sur la terre et dans le ciel que toute ta philosophie peut en rêver, Horatio, et alors...

« Et alors, merde », dis-je à haute voix. La partie supérieure de la brume ondulait lentement, comme de la buée sur un miroir. « Jamais je ne raconterai cette histoire. Jamais de toute ma vie. Même pas sur mon lit de mort. »

Cependant, tout s'était passé exactement comme je l'ai raconté — de cela, je suis certain. George Staub était arrivé et m'avait fait monter dans sa Mustang, le vieux pote d'Ichabod Crane avec la tête recousue et non pas sous le bras, exigeant que je fasse mon choix. Et j'avais choisi : à la vue de la première maison éclairée à l'horizon, j'avais condamné ma mère presque sans hésiter. Ce qui pouvait se comprendre, mais ne diminuait en rien la culpabilité que je ressentais. Néanmoins, personne n'avait besoin de le savoir; c'était le seul avantage. Sa mort aurait l'air tout à fait naturel — elle serait même tout à fait naturelle — et j'avais bien l'intention de tourner la page.

Je sortis du cimetière par l'ornière de gauche, et lorsque mon pied heurta le sac, je le pris et le mis sur l'épaule. Des lumières apparurent au bas de la pente, comme à un signal donné. Je levai le pouce, étrangement convaincu qu'il s'agissait du vieux à la Dodge revenu me chercher, qu'il ne pouvait s'agir que de lui, que sa venue mettrait la touche finale à l'histoire.

Mais ce n'était pas lui. Je tombai sur un fermier chiqueur dans un pick-up Ford dont l'arrière était plein de paniers de pommes, un type parfaitement ordinaire qui n'était ni vieux, ni mort.

« Et où tu vas, fiston ? » me demanda-t-il. Et quand je le lui eus dit, il ajouta : « Ça tombe bien, moi aussi. » Moins de quarante minutes plus tard, à vingt et une heures vingt, il se garait devant le Central Maine Medical Center. « Bonne chance, mon gars. J'espère que ta mère ira mieux.

— Merci, dis-je en ouvrant la porte.

— J'ai bien vu que tu t'inquiétais pas mal pour elle, mais je suis sûr qu'elle va s'en sortir. Tu devrais tout de même te faire désinfecter ça », ajouta-t-il en montrant mes mains.

Je baissai les yeux et vis les marques en forme de croissant, profondes et violacées, au-dessus de mes articulations. Je me rappelai alors comment mes mains s'étaient agrippées l'une à l'autre, mes ongles enfoncés dans ma chair, et que j'avais été incapable de m'en empêcher. Et je me souvins des yeux de Staub, remplis d'une lumière lunaire, au rayonnement aqueux. *T'es monté dans le Bolid'?* m'avait-il demandé. *Moi, j'en ai fait quatre tours.*

« Hé, fiston ? demanda le paysan au pick-up. Tu te sens bien ?

— Hein ?

— Tu trembles de partout.

— Ça va bien... merci encore. » Je fis claquer la portière et m'engageai dans la large allée, passant devant un alignement de fauteuils roulants dont les chromes brillaient au clair de lune.

Je m'avançai jusqu'à l'accueil, me rappelant que je devais prendre un air surpris lorsqu'on me dirait qu'elle était morte, il *fallait* que je prenne un air surpris, sinon ils risquaient de trouver cela curieux. À moins qu'ils pensent simplement que c'était le choc... ou que nous ne nous entendions pas très bien... ou...

J'étais tellement plongé dans mes pensées que je dus demander à la réceptionniste de bien vouloir répéter ce qu'elle venait de me dire.

« Elle est dans la chambre 487. Mais vous ne pouvez pas aller la voir maintenant. Les visites se terminent à vingt et une heures.

— Mais... » Je me sentis soudain pris du tournis. Je m'agrippai au rebord du comptoir. Des néons éclairaient le hall et, dans cette lumière intense qui ne laissait pas un coin d'ombre, les coupures, au dos de mes mains, ressortaient vivement — huit petits croissants violacés, comme des sourires, juste au-dessus des articulations. Le fermier avait raison, je devais me les faire désinfecter.

Derrière son comptoir, la réceptionniste me regardait sans s'impatienter. D'après la plaque posée devant elle, elle s'appelait Yvonne Ederle.

« Mais... est-ce qu'elle va bien ? »

Elle consulta son ordinateur. « On peut lire *S. S*, cela veut dire état satisfaisant. Et le quatrième est un service général. Si l'état de votre maman s'était dégradé, on l'aurait admise en soins intensifs, au troisième. Je suis sûre que lorsque vous reviendrez demain, vous la trouverez très bien. Les heures de visite vont de...

— C'est ma mère, protestai-je. Je suis venu en stop depuis l'Université du Maine pour la voir. Est-ce que je ne pourrais pas monter, ne serait-ce que quelques minutes ?

— On peut faire une exception pour la famille proche, répondit-elle avec un sourire. Attendez une seconde. Je vais voir comment on peut vous arranger ça. » Elle décrocha son téléphone, composa un numéro à deux chiffres — sans doute pour joindre l'infirmière responsable du quatrième étage. Je croyais déjà voir le déroulement des deux minutes suivantes comme si j'étais réellement doué de seconde vue. Yvonne, de l'accueil, allait demander si le fils de Jean Parker, chambre 487, pouvait monter voir sa mère une minute ou deux — le temps de l'embrasser et de lui prodiguer quelques mots d'encouragement — et l'infirmière répondrait, oh, mon Dieu, Mrs Parker est morte il y a un quart d'heure, on vient juste de l'envoyer à la morgue, nous n'avons pas encore eu le temps de mettre l'ordinateur à jour, mon Dieu, c'est terrible — ou quelque chose comme ça.

« Muriel ? dit la réceptionniste. C'est Yvonne. Un jeune homme vient de se présenter ici. Il s'appelle... (elle me regarda, sourcils arqués, et je lui donnai mon prénom) ... Alan Parker, c'est le fils de Jean Parker, au 487. Il aimerait juste la voir... »

Elle s'interrompit. Écouta. Sans aucun doute, l'infirmière du quatrième était-elle en train d'expliquer que Jean Parker était morte.

« Très bien, dit finalement Yvonne. Oui, je comprends. » Elle resta tranquillement assise un moment, le regard perdu dans le vague, puis, après avoir posé le micro du téléphone contre son épaule, me dit : « Elle a envoyé Anne Corrigan jeter un coup d'œil, pour savoir comment elle va. Il y en a pour une seconde.

— Ça n'en finit pas », marmonnai-je.

Yvonne fronça les sourcils. « Pardon ?

— Rien, la journée a été longue et...

— ... et vous êtes inquiet pour votre maman. Bien sûr. Vous êtes sans doute un très bon fils, pour tout planter là et accourir ainsi. »

La haute opinion qu'Yvonne Ederle avait de moi en aurait pris un sérieux coup, si elle avait entendu la fin de ma conversation avec l'homme à la Mustang. Mais voilà, elle s'était déroulée sans témoins. C'était un petit secret entre George et moi.

J'eus l'impression d'attendre des heures, sous les néons trop brillants, que l'infirmière du quatrième veuille bien reprendre la ligne. Quelques papiers étaient disposés devant Yvonne. Elle parcourut l'un d'eux de la pointe de son stylo, cochant soigneusement certains noms, et je me dis que s'il existait réellement un Ange de la Mort, il serait certainement comme cette femme : un fonctionnaire surchargé de travail, derrière un bureau, avec son ordinateur et trop de paperasses à remplir. Yvonne gardait le combiné coincé entre l'oreille et l'épaule, se tordant le cou. Un haut-parleur réclama la présence du *Dr Farquahr en radiologie, le Dr Farquahr est demandé en radiologie*. Au quatrième, une infirmière du nom d'Anne Corrigan devait être en train de contempler ma mère, morte dans son lit, les yeux grands ouverts, la grimace résultant de la première hémorragie cérébrale enfin effacée.

La réceptionniste se redressa; on parlait sur la ligne. Elle écouta, puis dit : « Très bien, j'ai compris. Je vais le faire. Bien sûr, je vais le faire. Merci, Muriel. » Elle raccrocha et me regarda, l'expression grave. « Vous pouvez monter, mais pas plus de cinq minutes. On a déjà donné ses calmants à votre maman, et elle est très somnolente. »

Je restai planté là, bouche bée.

Son sourire s'atténua un peu. « Vous êtes sûr que vous allez bien, Mr Parker ?

— Oui... je crois juste que je m'étais dit... »

Son sourire revint, chargé de sympathie, cette fois. « Cela arrive souvent. C'est compréhensible. On vous appelle à un moment où vous ne vous y attendez pas, vous vous précipitez ici... c'est normal de penser au pire. Mais Muriel ne vous laisserait pas monter si votre mère n'allait pas bien. Faites-moi confiance.

— Merci... merci beaucoup. »

Je m'apprêtais à m'éloigner, lorsqu'elle me rappela. « Mr Parker ? Si vous venez de l'Université du Maine, dans le Nord, comment se fait-il que vous portiez ce pin's ? Thrill Village se trouve bien dans le New Hampshire, non ? »

Je baissai les yeux sur ma chemise et vis, en effet, un pin's agrafé à la pochette : JE SUIS MONTÉ DANS LE BOLID' À LA FOIRE DE LACONIA. Je me rappelai avoir pensé qu'il voulait m'arracher le cœur. À présent, je comprenais : il avait agrafé ce pin's sur ma chemise juste avant de me pousser dans la nuit. Ainsi avait-il apposé sa marque sur moi; ainsi avait-il rendu impossible de ne pas croire à notre rencontre. C'était déjà ce que disaient les écorchures, sur mes mains. Il m'avait demandé de choisir, et j'avais choisi.

Mais alors, comment se faisait-il que ma mère soit encore en vie?

« Ça? » Je le touchai du gras du pouce, le polissant même un peu. « C'est mon porte-bonheur. » Mensonge tellement horrible qu'il en était splendide. « Je l'ai eu quand je suis allé là-bas avec ma mère, il y a très longtemps. Elle m'a laissé monter sur le *Bolid'*. »

Yvonne-la-réceptionniste sourit comme si c'était la chose la plus touchante qu'elle ait jamais entendue. « Embrassez-la bien fort, me dit-elle. Vous voir l'aidera à s'endormir beaucoup mieux que toutes les pilules du docteur (elle fit un geste de la main.) Les ascenseurs sont par là, après le coin. »

L'heure des visites étant passée, j'étais le seul à attendre une cabine. J'aperçus une corbeille à papiers à côté du kiosque à journaux, fermé pour la nuit. Je décrochai le pin's et le jetai. Puis je me frottai la main sur le pantalon. Je la frottais encore lorsque les portes de l'un des ascenseurs s'ouvrirent. J'entrai et appuyai sur *quatre*. La cabine commença à monter. À côté des boutons de commande, il y avait une affichette annonçant un don du sang pour la semaine suivante. Pendant que je la lisais, une idée me vint à l'esprit... une idée, ou plutôt une certitude. Ma mère était en train d'expirer, à cette seconde même, pendant que j'étais prisonnier de cet ascenseur qui montait avec une désespérante lenteur. J'avais choisi : il me revenait de la trouver morte. C'était logique.

La porte, en s'ouvrant, donnait sur une autre affichette, où l'on voyait un doigt devant une bouche, dessinés dans le style BD. Dessous, on lisait : NOS PATIENTS APPRÉCIENT VOTRE DISCRÉTION. Un corridor partait des deux côtés du palier des ascenseurs. Les chambres impaires étaient à gauche. Je me dirigeai donc par là. Mes tennis me faisaient l'impression d'être plus lourds à chaque pas. Je ralentis quand j'atteignis les premières chambres, puis m'immobilisai complètement entre le 481 et le 483. C'était au-dessus de mes forces. Une transpiration aussi froide et gluante que du sirop à demi congelé s'insinuait en minces filets dans mes cheveux. J'avais l'estomac noué comme un poing serré dans un gant visqueux. Vraiment au-dessus de mes forces. Il valait mieux faire demi-tour et prendre la poudre d'escampette comme l'ignoble froussard que j'étais. Je repartirais en stop pour Harlow et j'appellerais Mrs McCurdy dans la matinée. Il serait plus facile d'affronter les choses à la lumière du jour.

J'entamais déjà mon demi-tour lorsqu'une infirmière passa la tête par la porte, deux chambres plus loin. Celle de ma mère. « Mr Parker ? » demanda-t-elle à voix basse.

Un instant, je faillis répondre que non. Puis j'acquiesçai.

« Entrez vite, elle plonge. »

Et voilà. Les mots que j'attendais. Ils ne s'en traduisirent pas moins par une crampe de terreur qui me mit les jambes en coton.

Ce que vit l'infirmière, qui se précipita vers moi dans le froufroutement de sa jupe, l'air inquiet. Le petit badge doré, à son corsage, annonçait qu'elle s'appelait Anne Corrigan. « Non, non ! Je voulais juste dire que l'effet des sédatifs commence à se faire sentir. Elle va très bien, Mr Parker, je lui ai simplement donné ses cachets il y a un moment et elle va s'endormir, c'est tout. Vous n'allez tout de même pas vous évanouir, n'est-ce pas ? » Elle me prit par le bras.

« Non », répondis-je, ne sachant pas si j'allais tomber ou non dans les pommes. Le monde vacillait, mes oreilles bourdonnaient. Je me rappelai la route bondissant à la rencontre de la Mustang, une route de film en noir et blanc, dans cette lumière argentée qui baignait tout. *T'es monté dans le Bolid' ? Moi, j'en ai fait quatre tours, de cette connerie.*

Anne Corrigan me conduisit dans la chambre, et je vis ma mère. Elle qui était grosse depuis si longtemps, elle paraissait petite et presque menue, dans ce lit d'hôpital pourtant étroit; elle y avait l'air un peu perdu. Ses cheveux, plus gris que noirs, étaient déployés sur l'oreiller. Ses mains posées sur le drap étaient comme celles d'un enfant, ou même d'une poupée. Ses lèvres n'étaient pas déformées par la grimace de paralysie que j'avais imaginée, mais son teint était jaunâtre. Elle avait les yeux fermés; elle les ouvrit cependant dès que l'infirmière murmura son nom. D'un bleu profond, iridescent, ils étaient ce qui restait de plus jeune en elle — et parfaitement vivants. Un instant ils regardèrent dans le vague, puis ils me trouvèrent. Elle sourit et essaya de me tendre les bras. L'un d'eux lui obéit, mais l'autre trembla, se souleva un peu et retomba sur le drap. « Al », murmura-t-elle.

Je m'approchai d'elle, commençant à pleurer. Il y avait bien une chaise contre le mur, mais je ne pris pas la peine de la tirer. Je m'agenouillai sur le sol et passai mes bras autour d'elle ; de son corps tiède se dégageait une odeur de propre. Je l'embrassai sur la tempe, sur la joue, sur le coin des lèvres. Elle leva sa main valide et passa un doigt délicat sous l'un de mes yeux.

« Ne pleure pas, murmura-t-elle. C'est pas la peine.

— Je suis venu dès que j'ai appris la nouvelle. C'est Betsy McCurdy qui m'a appelé.

— Je lui avais dit... le week-end. Que le week-end, ce serait très bien.

— Ouais, je t'en ficherais, des week-ends ! répondis-je, la serrant plus fort contre moi.

— Ta voiture... réparée ?
— Non. J'ai fait du stop.
— Oh, bon sang ! » Chaque mot lui coûtait visiblement, mais elle articulait normalement et ne manifestait ni affole-

ment ni désorientation. Elle savait qui elle était, qui j'étais, où nous étions et pour quelle raison. Le seul signe que quelque chose n'allait pas était son bras gauche sans force. Je ressentis un énorme soulagement. Dans le genre sinistre canular, celui de George Staub était particulièrement cruel... ou peut-être n'y avait-il jamais eu de George Staub, peut-être tout cela n'avait-il été qu'un rêve, en fin de compte, si stupide fût-il. À présent que j'étais ici, agenouillé près de son lit et la tenant dans mes bras, humant un reste de son parfum Lanvin, l'hypothèse du rêve paraissait beaucoup plus plausible.

« Al ? Tu as du sang sur le col de ta chemise. » Ses yeux roulèrent et se fermèrent, puis se rouvrirent lentement. J'imaginai que ses paupières devaient lui paraître aussi pesantes que mes tennis m'avaient paru lourds, dans le couloir.

« Je me suis cogné la tête, M'man, c'est rien.
— Bon... il faut que... que tu fasses attention à toi. » Ses paupières s'abaissèrent de nouveau, puis se relevèrent, mais plus lentement.

« Mr Parker ? Je crois qu'on devrait la laisser dormir, à présent, dit l'infirmière dans mon dos. Elle a eu une journée extrêmement difficile.

— Je sais, répondis-je en l'embrassant une dernière fois sur le coin de la bouche. Je m'en vais, M'man, mais je reviendrai demain.

— Fais pas... de stop... dangereux.

— Promis. Je demanderai à Mrs McCurdy de m'emmener. Dors bien.

— Je fais que ça... J'étais au travail, je vidais le lave-vaisselle. Je me suis mise à avoir très mal à la tête. Suis tombée. Me suis réveillée... ici. Une attaque... pas trop grave, a dit le docteur.

— Tu vas très bien. » Je me levai, puis lui pris la main. Sa peau était fine, aussi lisse que de la soie mouillée. Une main de personne âgée.

« J'ai rêvé qu'on était tous les deux à cette foire, dans le New Hampshire », reprit-elle.

Je la regardai, sentant un frisson glacé me parcourir de la tête aux pieds. « Vraiment ?

— Oui. On faisait la queue pour ce truc qui... monte très haut. Tu t'en souviens ?

— Le Bolid'. Oui, je m'en souviens, M'man.

— Tu avais peur, et j'ai crié après toi.

— Mais non, M'man, tu... »

Sa main serra la mienne et les coins de ses lèvres s'étirèrent, creusant presque des fossettes. Le fantôme de sa vieille expression d'impatience.

« Si. J'ai crié et je t'ai donné une claque. Derrière la tête, non ?

— Oui, sans doute, répondis-je, renonçant à la contrarier. C'était presque toujours là.

— J'aurais pas dû. Il faisait chaud et j'étais fatiguée, mais pourtant... j'aurais pas dû. Voulais te dire... suis désolée. »

Mes yeux se remirent à avoir des fuites. « Pas de problème, M'man. C'était il y a longtemps.

— Tu n'es jamais monté sur cette attraction.

— Si. En fin de compte, j'y suis monté. »

Elle me sourit. Elle paraissait petite et faible, à des années-lumière de la femme imposante, en colère et en sueur, qui m'avait crié après quand nous étions finalement arrivés en tête de la file d'attente, qui m'avait crié après et envoyé une claque sur la nuque. Sans doute avait-elle dû voir quelque chose, sur un visage, celui d'une autre personne attendant son tour, car je me souvenais de l'avoir entendue grogner à quelqu'un : *Qu'est-ce que vous avez à me regarder comme ça ?* tandis qu'elle m'entraînait en me tenant par la main et que je reniflais sous le brûlant soleil de l'été, me frottant la nuque... à vrai dire cela ne me faisait pas vraiment mal, elle n'avait pas frappé bien fort ; je me souvenais avant tout de la gratitude que j'avais éprouvée en m'éloignant de cette construction gigantesque et tourbillonnante, avec ses capsules aux deux bouts, cette machine à faire pousser des cris.

« Il faut vraiment partir à présent, Mr Parker », dit l'infirmière.

Je soulevai la main de ma mère et l'embrassai sur les articulations. « À demain, M'man. Je t'aime, M'man.

— Moi aussi je t'aime, Alan... désolée pour toutes les fois où je t'ai giflé. C'est pas des façons. »

Cependant, c'étaient les siennes, de façons. Cela avait toujours été les siennes. Je ne savais pas comment lui dire que je le savais et que je l'acceptais. Cela faisait partie de notre secret de famille, c'était quelque chose de purement viscéral.

« On se revoit demain, M'man. D'accord ? »

Elle ne répondit pas. Ses yeux s'étaient de nouveau fermés, et ses paupières, cette fois, restèrent closes. Sa poitrine se soulevait lentement et régulièrement. Je m'éloignai du lit à reculons, sans la quitter des yeux.

Dans le couloir, je me tournai vers l'infirmière. « Elle va aller bien ? tout à fait bien ?

— Personne ne peut le dire avec certitude, Mr Parker. C'est le Dr Nunnaly qui s'occupe d'elle. Un excellent médecin. Il sera là demain après-midi, et vous pourrez lui demander...

— Non, dites-moi ce que vous pensez, vous.

— Je crois qu'elle va aller bien, répondit Anne Corrigan, tout en me raccompagnant jusqu'aux ascenseurs. Ses signes vitaux sont tout à fait satisfaisants, et les effets résiduels permettent de penser que l'hémorragie a été très faible (elle fronça un peu les sourcils.) Il faudra cependant qu'elle change certaines choses dans son régime alimentaire... et son mode de vie.

— Vous voulez dire qu'elle devrait arrêter de fumer.

— Oh, oui. C'est impératif. » Elle dit cela comme si, pour ma mère, renoncer à cette habitude de toute une vie allait être aussi facile que de transporter un vase de la table de la salle à manger à celle de l'entrée. J'enfonçai le bouton d'appel, et les portes de la cabine par laquelle j'étais monté s'ouvrirent immédiatement. Tout était beaucoup plus calme dans l'hôpital, après les heures de visite.

« Merci pour tout, dis-je.

— Pas du tout. C'est moi qui suis désolée de vous avoir fait peur. C'était complètement idiot de vous dire ça.

— Mais non, dis-je, même si j'étais d'accord avec elle. N'en parlons plus. »

J'appuyai sur le bouton du rez-de-chaussée. Anne Corrigan leva la main et agita les doigts. Je lui répondis de même, et les portes se refermèrent. La cabine s'ébranla. Je me mis à contempler les marques d'ongle, au dos de mes mains, et me dis que j'étais un être ignoble, le plus ignoble des êtres. Même si tout ça n'avait été qu'un rêve, je n'en étais pas moins le dernier des derniers. *Prends-la*, avais-je dit. C'était ma mère, mais je n'en avais pas moins dit : *Prends-la, ne me prends pas, moi.* Elle m'avait élevé, avait fait des heures sup pour moi, avait poireauté avec moi sous un soleil de plomb, dans un parc d'attractions poussiéreux du New Hampshire ; mais, au bout du compte, c'est à peine si j'avais hésité. *Prends-la, ne me prends pas.* Tu n'es que de la merde, de la merde, un tas de merde.

Lorsque les portes de l'ascenseur s'ouvrirent, je sortis et me dirigeai droit sur la corbeille à papiers. Je soulevai le couvercle mobile, et il était là, au fond d'un gobelet à café en carton pratiquement vide. JE SUIS MONTÉ DANS LE BOLID' À LA FOIRE DE LACONIA.

J'allai repêcher le pin's dans sa flaque de café froid, l'essuyai sur mon jean et le glissai dans ma poche. Le jeter n'était pas la bonne solution. Il m'appartenait, à présent : porte-bonheur ou porte-malheur, il était à moi. Je quittai l'hôpital, saluant Yvonne de la main au passage. Dehors, la lune était installée au zénith, noyant l'univers de sa lumière étrange du pays des songes. Jamais je ne m'étais senti aussi fatigué et démoralisé de toute ma vie. J'aurais aimé avoir de nouveau le choix. Je n'aurais pas fait le même. Ce qui avait quelque chose de comique : l'aurais-je trouvée morte, comme je m'y étais attendu, je pense que j'aurais pu vivre avec. Après tout, c'est bien ainsi, en principe, que finissent les histoires de ce genre, non ?

*Y a personne qui te prend en ville*, avait dit le vieux bonhomme au bandage herniaire, et comme il avait raison ! Je traversai tout Lewiston — autrement dit trois douzaines de pâtés de maisons sur Lisbon Street et neuf de plus sur Canal Street, en passant devant tous les abreuvoirs du coin avec leurs juke-box jouant de vieux airs de Led Zepppelin ou AC-DC en français — sans lever le pouce une seule fois. Cela n'aurait servi à rien. Il était onze heures du soir largement passées lorsque j'atteignis le pont DeMuth. Une fois du côté de Harlow, la première voiture à laquelle j'adressai mon signal s'arrêta. Quarante minutes plus tard, je récupérais la clef sous la brouette rouge, toujours fidèle au poste à côté de l'appentis du fond; et dix minutes plus tard, j'étais au lit. Il me vint à l'esprit, au moment où je sombrai dans le sommeil, que c'était la première fois de ma vie que je dormais seul dans cette maison.

C'est le téléphone qui me réveilla, à midi et quart. Je me dis que ce devait être l'hôpital, que quelqu'un de l'hôpital allait me dire que l'état de ma mère avait brusquement empiré et qu'elle venait de mourir quelques minutes auparavant, désolé. Mais ce n'était que Mrs McCurdy, qui s'assurait que j'étais bien arrivé à la maison et qui voulait savoir les détails de ma visite, la veille (elle me les fit répéter trois fois, et à la fin de la troisième, je commençais à me sentir comme un criminel accusé de meurtre). Elle me demanda ensuite si je voulais aller en voiture à l'hôpital avec elle, cet après-midi. Je lui répondis que c'était une idée géniale.

Après avoir raccroché, je passai devant une psyché pour regagner ma chambre. J'aperçus dedans un grand jeune homme, mal rasé, avec un début de bedaine, habillé d'un caleçon informe. « Va falloir te reprendre, mon vieux, dis-je à mon reflet. Tu vas pas passer le reste de ta vie à te dire que chaque fois que le téléphone sonne, c'est pour t'annoncer la mort de ta mère. »

À vrai dire, ça n'arriverait pas. Le temps finirait par atténuer les souvenirs, le temps fait toujours ça... Mais celui que je gardais de la nuit précédente, cependant, restait stupéfiant de précision et de réalisme ; j'en voyais le moindre détail avec une netteté confondante. Le jeune et beau visage de George Staub, par exemple, avec sa casquette verte tournée à l'envers, la cigarette derrière l'oreille, la façon dont la fumée ressortait en minuscules volutes par les points de suture, à son cou, quand il inhalait... Je l'entendais encore me raconter l'histoire de la Cadillac à sept cent cinquante dollars... Le temps allait émousser les angles, mais pas avant un moment. Après tout, j'avais le pin's, et il était posé sur le buffet, à côté de la porte de la salle de bains. Ce pin's était mon souvenir. Les héros d'une histoire de fantômes ne reviennent-ils pas toujours avec un souvenir, quelque chose qui prouve que ce qu'ils ont vécu est réellement arrivé ?

Il y avait une vieille stéréo dans un coin de la pièce, et je me mis à fouiller parmi mes anciens enregistrements, pour en écouter un en me rasant. Je me décidai finalement pour un pot-pourri intitulé *Folk Mix* que je mis dans le lecteur de cassettes. Je l'avais enregistré alors que j'étais encore au lycée et n'avais qu'une vague idée de ce qu'il contenait. Bob Dylan se mit à chanter la mort solitaire de Hattie Carroll, Tom Paxton les déboires de son vieux pote radoteur, puis Dave Van Ronk son blues sur la cocaïne. Au milieu du troisième couplet, je m'immobilisai, le rasoir en l'air. *J'ai la tête pleine de whiskey et le ventre plein de gin*, disait-il de sa voix rauque. *Le méde-*

*cin dit que ça va me tuer, mais il dit pas quand.* Et la réponse était là, évidemment. Ma conscience coupable m'avait conduit à croire que ma mère allait mourir tout de suite, ce que Staub n'avait rien fait pour dissiper — et comment aurait-il pu penser à le faire, puisque je ne lui avais pas posé la question ? — mais je m'étais manifestement trompé.

*Le médecin dit que ça va me tuer, mais il dit pas quand.*

Au nom du ciel, pourquoi avais-je besoin de battre ma coulpe ? Mon choix ne revenait-il pas, au fond, à respecter l'ordre naturel des choses ? Est-ce que les enfants ne survivent pas de manière générale à leurs parents ? Ce fils de pute avait essayé de me flanquer la frousse — de tout faire pour me culpabiliser — mais je n'étais pas obligé de couper dans ses salades, si ? Est-ce que nous ne montons pas tous dans le Bolid', en fin de compte ?

*Tu cherches simplement à te dédouaner, vieux. À trouver un moyen de te donner bonne conscience. Ce que tu te racontes est peut-être vrai... sauf que lorsqu'il t'a demandé de choisir, tu l'as choisie, elle. Il n'y a aucun moyen d'annuler ça, mon garçon. Aucun.*

J'ouvris les yeux et contemplai mon

visage à demi rasé dans le miroir. « J'ai fait ce que j'avais à faire », dis-je. Je n'y croyais pas complètement, mais avec le temps, je finirais par arriver à m'en persuader, sans doute.

J'allai donc avec Mrs McCurdy voir ma mère, qui allait un peu mieux. Je lui demandai si elle se souvenait encore de son rêve, celui où elle était à Thrill Village, à Laconia. Elle secoua la tête. « C'est à peine si je me souviens que tu es venu hier au soir. Je tombais de sommeil. C'est important ?
— Pas du tout, dis-je en l'embrassant sur la tempe. Pas du tout. »

***

M'man sortit de l'hôpital cinq jours plus tard. Elle boita un peu pendant quelque temps, mais cela aussi disparut et un mois plus tard, elle avait repris son travail, à mi-temps au début, puis rapidement à plein temps, comme si rien n'était arrivé. Je retournai à la fac et décrochai un petit boulot chez Pat's Pizza, dans le centre d'Orono. Je ne gagnais pas grand-chose, mais cela me suffit pour faire réparer ma voiture. Un soulagement :

j'avais perdu le peu de goût que j'avais jamais eu pour l'auto-stop.

Ma mère essaya d'arrêter de fumer et y parvint pendant un certain temps. Lorsque je revins en avril pour les vacances de Pâques, avec un jour d'avance, je trouvai la cuisine aussi enfumée que par le passé. Elle me regarda avec dans les yeux autant de honte que de défi. « Je peux pas, me dit-elle. Je suis désolée, Al. Je sais que tu voudrais que j'arrête, je sais que je devrais, mais ma vie est tellement vide sans ça... Rien ne la remplit. Tout ce que j'arrive à me dire, c'est que je n'aurais jamais dû commencer. »

Deux semaines après que j'eus obtenu mon diplôme, elle eut une nouvelle attaque — rien qu'une petite. Son médecin se fâcha et elle essaya une fois de plus d'arrêter de fumer, mais elle prit vingt kilos et se remit à la cigarette. *Comme un chien retourne à son vomi*, lit-on dans la Bible. Une citation qui m'a toujours plu. Je décrochai un excellent travail à Portland dès ma première tentative — un coup de chance, je crois — et me lançai dans une délicate entreprise : la convaincre d'arrêter de travailler. Ce ne fut pas facile. J'aurais pu finir par y renoncer, dégoûté, mais il y avait un certain souvenir qui m'obligeait à continuer de saper ses défenses de Yankee entêtée.

« Tu ferais mieux de faire des économies pour plus tard, au lieu de t'occuper de moi, me dit-elle une fois. Tu vas vouloir te marier, un jour, Al, et ce que tu voudrais dépenser pour moi te manquera. Pour ta vraie vie.

— Mais tu es ma vraie vie, lui répondis-je en l'embrassant. Que ça te plaise ou non, c'est comme ça et pas autrement. »

Et finalement, elle jeta l'éponge.

Nous eûmes quelques bonnes années par la suite. Sept en tout. Je n'habitais plus avec elle, mais je la voyais presque tous les jours. On faisait d'interminables parties de gin-rummy, on regardait tout un tas de films en vidéo sur le magnétoscope que je lui avais acheté.

On se payait de belles tranches de rigolade, comme elle aimait à le dire. J'ignore si c'est à George Staub ou non que je dois toutes ces années, mais ce furent de bonnes années. Quant au souvenir que je conservais de la nuit où j'avais rencontré l'homme à la Mustang, il ne s'émoussa jamais, ne se réduisit jamais à un rêve, comme je m'y étais pourtant attendu ; il me restait dans ses moindres détails, du vieux monsieur me demandant d'adresser un souhait à la lune des moissons, au moment où j'avais senti les doigts de Staub tripotant la pochette de ma chemise. Puis vint un jour où je ne retrouvai plus le pin's. Je savais que je l'avais encore lorsque j'avais déménagé dans le petit appartement que j'occupais à Falmouth : je l'avais même mis dans le tiroir de ma table de nuit, au milieu de quelques peignes, de mes deux jeux de boutons de manchettes, et d'un badge sur lequel on lisait : BILL CLINTON, THE SAFE SAX PRESIDENT. N'empêche, celui de Laconia manquait. Et lorsque le téléphone sonna, un ou deux jours plus tard, je compris tout de suite pourquoi Mrs McCurdy pleurait. La mauvaise nouvelle à laquelle je n'avais cessé de m'attendre. *Vivons joyeux, ce qui est pris est pris.*

Après l'enterrement, et lorsque la file apparemment interminable des personnes venues présenter leurs condoléances eut fini de défiler, je retournai dans la petite maison de Harlow où ma mère avait passé les dernières années de sa vie à fumer et à se bourrer de doughnuts saupoudrés de sucre glace. Autrefois, c'était Jean et Alan Parker contre le reste du monde ; désormais, ce n'était plus que moi.

Je triai ses effets personnels ; je mis de côté les quelques papiers dont j'allais devoir m'occuper par la suite, plaçai dans des cartons, d'un côté de la pièce, les choses que je voulais conserver, de l'autre celles que je voulais donner à un organisme charitable. J'en avais presque terminé lorsque je me mis à genoux pour regarder si rien ne traînait sous le lit. Et il était là, l'objet que je cherchais depuis si longtemps sans vouloir le reconnaître : un pin's poussiéreux sur lequel on lisait : JE SUIS MONTÉ DANS LE BOLID' À LA FOIRE DE LACONIA. Je le pris dans mon poing fermé. L'épingle s'enfonça dans ma chair et je serrai encore plus fort, prenant un plaisir amer à ressentir la douleur. Lorsque je rouvris la main, mes yeux étaient remplis de larmes et je voyais les lettres en double, comme dans un brouillard scintillant. Ou comme si je regardais un film en 3-D sans les lunettes.

« Alors, tu es content ? demandai-je à la pièce vide. Cela te suffit ? » Bien entendu, il n'y eut aucune réponse. « Pourquoi t'être donné tout ce mal ? À quoi ça rimait ? »

Toujours pas de réponse — et pourquoi y en aurait-il eu une ? On attend son tour, un point c'est tout. On attend son tour sous le clair de lune et on fait un vœu dans sa lumière morbide. On attend son tour, et on les entend crier : ils paient pour avoir peur et quand ils montent dans le Bolid', ils en ont pour leur argent. Et quand vient votre tour, vous montez peut-être. Ou vous prenez la poudre d'escampette. Cela revient au même, je crois. Il devrait y avoir autre chose, mais non. Pas vraiment. *Vivons joyeux, ce qui est pris est pris.*

Prends ton pin's et tire-toi d'ici.

Composition réalisée en ordinateur par EURONUMÉRIQUE

IMPRIMÉ EN FRANCE PAR BRODARD ET TAUPIN
La Flèche (Sarthe).
N° d'imprimeur : 3524 – Dépôt légal Édit. 5523-08/2000
LIBRAIRIE GÉNÉRALE FRANÇAISE - 43, quai de Grenelle - 75015 Paris.

ISBN : 2 - 253 - 14325 - 1      ❀ 31/4325/2